Mitos Gregos

CLÁSSICOS ZAHAR
em EDIÇÃO COMENTADA E ILUSTRADA

Sherlock Holmes (9 vols.)*
Arthur Conan Doyle

David Copperfield
Charles Dickens

As aventuras de Robin Hood*
O conde de Monte Cristo*
Os três mosqueteiros*
Vinte anos depois
O visconde de Bragelonne (vol.1)
Alexandre Dumas

O melhor do teatro grego
Ésquilo, Sófocles, Eurípides e Aristófanes

Mitos gregos II
Nathaniel Hawthorne

O corcunda de Notre Dame*
Victor Hugo

O Fantasma da Ópera
Gaston Leroux

Jaqueta branca
Moby Dick
Herman Melville

Rei Arthur e os cavaleiros da Távola Redonda*
Três grandes cavaleiros da Távola Redonda
Howard Pyle

Frankenstein*
Mary Shelley

Drácula*
Bram Stoker

Contos de fadas*
Maria Tatar (org.)

Mary Poppins*
P. L. Travers

20 mil léguas submarinas*
A ilha misteriosa*
Viagem ao centro da Terra*
A volta ao mundo em 80 dias*
Jules Verne

* Títulos disponíveis também em edição bolso de luxo
Veja a lista completa da coleção no site zahar.com.br/classicoszahar

Nathaniel Hawthorne

MITOS GREGOS
HISTÓRIAS EXTRAORDINÁRIAS DE HERÓIS, DEUSES E MONSTROS PARA JOVENS LEITORES

Edição ilustrada

Apresentação:
Rodrigo Lacerda

Tradução:
Bruno Gambarotto

Ilustrações:
Walter Crane

11ª reimpressão

ZAHAR

Copyright da tradução © 2016 by Bruno Gambarotto

Grafia atualizada segundo o Acordo Ortográfico da Língua Portuguesa de 1990, que entrou em vigor no Brasil em 2009.

Título original
A Wonder Book for Girls and Boys

Capa
Rafael Nobre/Babilonia Cultura Editorial

Projeto gráfico
Carolina Falcão

Preparação
Diogo Henriques

Revisão
Carolina Sampaio
Eduardo Monteiro

CIP-Brasil. Catalogação na publicação
Sindicato Nacional dos Editores de Livros, RJ

	Hawthorne, Nathaniel, 1804-1864
H326m	Mitos gregos: histórias extraordinárias de heróis, deuses e monstros para jovens leitores / Nathaniel Hawthorne; apresentação Rodrigo Lacerda; tradução Bruno Gambarotto; ilustrações Walter Crane. – 1ª ed. – Rio de Janeiro: Zahar, 2016.

il. (Clássicos Zahar)

Tradução de: A Wonder Book for Girls and Boys.
Apresentação e cronologia
ISBN 978-85-378-1587-8

1. Conto americano. I. Crane, Walter. II. Gambarotto, Bruno. III. Lacerda, Rodrigo. IV. Título. V. Série.

CDD: 813
CDU: 821.111(73)-3

16-34120

Todos os direitos desta edição reservados à
EDITORA SCHWARCZ S.A.
Praça Floriano, 19, sala 3001 – Cinelândia
20031-050 – Rio de Janeiro – RJ
Telefone: (21) 3993-7510
www.companhiadasletras.com.br
www.blogdacompanhia.com.br
facebook.com/editorazahar
instagram.com/editorazahar
twitter.com/editorazahar

Sumário

Apresentação, por Rodrigo Lacerda   7

Prefácio   15

A CABEÇA DA GÓRGONA

Varanda de Tanglewood: Introdução a "A cabeça da górgona"   19

A cabeça da górgona   24

Varanda de Tanglewood: Depois da história   51

O TOQUE DOURADO

Riacho das Sombras: Introdução a "O Toque Dourado"   55

O Toque Dourado   58

Riacho das Sombras: Depois da história   77

O PARAÍSO DAS CRIANÇAS

Quarto de brinquedos de Tanglewood:
  Introdução a "O Paraíso das Crianças"   83

O Paraíso das Crianças   86

Quarto de brinquedos de Tanglewood: Depois da história   105

AS TRÊS MAÇÃS DOURADAS

Lareira de Tanglewood: Introdução a "As três maçãs douradas" 109

As três maçãs douradas 114

Lareira de Tanglewood: Depois da história 136

A ÂNFORA MILAGROSA

Encosta da colina: Introdução a "A ânfora milagrosa" 141

A ânfora milagrosa 144

Encosta da colina: Depois da história 166

A QUIMERA

Topo da montanha: Introdução a "A Quimera" 171

A Quimera 174

Topo da montanha: Depois da história 197

Lista de ilustrações 201

Cronologia: Vida e obra de Nathaniel Hawthorne 203

Apresentação

Nathaniel Hawthorne forma, juntamente com Herman Melville, Henry James, William Faulkner e Ernest Hemingway, o núcleo dos maiores romancistas norte-americanos de todos os tempos. As narrativas de Hawthorne, exemplares da escola romântica, ou do chamado "romantismo sombrio", se passam majoritariamente na Nova Inglaterra, costa nordeste dos Estados Unidos, e abordam as falhas na natureza humana, a presença do mal no homem e na sociedade, apresentando personagens de grande profundidade psicológica, apenas às vezes resgatados pelos valores morais do ideário puritano, tão característico da região onde viveu e sobre a qual escrevia.

Ele nasceu Nathaniel Hathorne, sem "W" no sobrenome, em 1804, na cidade de Salem, em Massachusetts. Seu pai, homônimo, era um capitão de navios que morreu quando o filho tinha apenas quatro anos, de febre amarela, no Suriname. Sua mãe, Elizabeth Clarke Manning, era filha de um *self-made man* que enriqueceu com a linha Boston-Salem de diligências. Ele tinha ainda duas irmãs.

Os vínculos de sua linhagem paterna com a história dos primeiros núcleos da colonização norte-americana impressionam: seu tataravô foi um importante pioneiro das colônias inglesas da Nova Inglaterra, onde chegou ainda nas primeiras décadas do século XVII; seu trisavô, um dos juízes no tétrico episódio da caça às bruxas de Salem, ocorrido entre 1692-93. Foi para apagar os traços do parentesco com esse juiz que o jovem Nathaniel alterou seu sobrenome.

Vivendo toda a primeira parte de sua vida, em grande medida, às custas dos tios maternos, Nathaniel logrou completar os estudos básicos. Já em 1820, aos dezesseis anos e apesar do temperamento introspectivo e tímido, fez circular sete números do jornalzinho *The Spectator*, no qual publicou ensaios, poemas e notícias, sempre humorísticos. Foi para a universidade em 1821. Lá aproximou-se de escritores, como o poeta Henry Wadsworth Longfellow, de militares brilhantes, como Horatio Bridge, que revolucionou a logística de suprimento da marinha americana, e do futuro presidente da República Franklin Pierce, para sempre um de seus maiores amigos. Formou-se em 1825. Em 1828, publicou anonimamente um primeiro romance, *Fanshawe*, sem qualquer repercussão e que mais tarde viria a rejeitar.

Em 1836, editou a *American Magazine of Useful and Entertaining Knowledge*. Por essa época, começou a namorar a futura esposa, Sophia Peabody, pintora, ilustradora e, segundo consta, transcendentalista, isto é, adepta de uma filosofia alternativa que buscava um estado espiritual que "transcendesse" o físico e o empírico, defendendo a percepção por meio de uma sábia consciência intuitiva. Publicou também seus primeiros contos, em revistas e anuários, sem maior repercussão. Em 1837, o amigo Horatio Bridge financiou uma compilação de algumas dessas histórias, gerando o livro *Twice Told Tales*, que tornou Hawthorne conhecido localmente.[1] Em 1839, procurando meios de se casar e sustentar uma família, aceitou o emprego de inspetor na Alfândega de Boston.

Em 1841, mesmo sem aderir ao transcendentalismo, foi morar na base local do movimento, Brook Farm, para economizar dinheiro. Ele e Sophia casaram-se em 1842, mudando-se para a cidade de Concord, Massachusetts. Lá, onde os Hawthorne residiriam por três anos, Nathaniel fez amizade com outro escritor central na literatura norte-americana,

---

1. Esta apresentação não se propõe a inventariar uma bibliografia completa do autor. Convém citar, no entanto, seus outros livros de contos mais importantes: *Grandfather's Chair*, 1840; *Mosses from an Old Manse*, 1846; *The Snow Image and Other Twice Told Tales*, 1852.

Ralph Waldo Emerson. Afora um ou outro amigo íntimo, contudo, tanto Nathaniel quanto Sophia eram predominantemente reclusos e, sempre apaixonados um pelo outro, extremamente devotados à vida familiar. Durante seu longo e feliz casamento, tiveram três filhos: Una, Julian e Rose.

Em 1846, Nathaniel foi nomeado supervisor do distrito de Salem e Beverly e inspetor fazendário do porto de Salem. Naturalmente, foi um período de pouca produção literária. Dois anos depois, por seu envolvimento com o partido Democrata, perdeu o emprego. Ocupou então o cargo de secretário-correspondente do Liceu de Salem, organizando palestras de escritores célebres, como Henry David Thoreau e o amigo Emerson. Nesse período, voltou a escrever, publicando em 1850 a primeira de suas obras-primas, *A letra escarlate*. O livro teve um sucesso absoluto, vendendo ao redor do país 2.500 exemplares em dez dias, o que o tornou nacionalmente conhecido. Teve início a fase de ouro de sua carreira, que se prolongaria até 1860.

Mudou-se com a mulher para Lenox, também em Massachusetts, indo viver na casa que batizaram segundo o nome do condado, The Berkshires. Lá tornou-se grande amigo de Herman Melville, futuro autor de *Moby Dick*, romance, aliás, dedicado a Hawthorne. E lá escreveu, entre outros, o romance *A casa das sete torres* e *Mitos gregos*, com histórias clássicas da mitologia recontadas para crianças e jovens, ambos de 1851, além de *Blithedale Romance*, de 1852.

Incomodado pelo frio excessivo da região, os Hawthorne mudaram-se novamente para Concord, em 1852, onde compraram uma nova casa, batizada de The Wayside. Nesse mesmo ano, o escritor produziu a biografia de seu amigo Franklin Pierce, como peça de propaganda para sua campanha à presidência da República. Em 1853, Hawthorne publicou uma nova leva de mitos gregos recontados, *The Tanglewood Tales*. Com o passar dos meses, vencida a eleição presidencial, Pierce recompensou Hawthorne com o cargo de cônsul dos Estados Unidos em Liverpool, na Inglaterra, o segundo posto diplomático mais valorizado na política externa americana de então, depois de Londres.

Em 1860, três anos após o fim do mandato de Pierce, a família voltaria a basear-se em Wayside. Também em 1860 foi lançada a outra obra-prima de Hawthorne, o romance *O fauno de mármore*. Em 1862, ao ter início a Guerra Civil americana, ele viajou para Washington, D.C., onde conheceu Abraham Lincoln e outros políticos importantes. Escreveu sobre a experiência em *Chiefly About War Matters*.

Mas a saúde do escritor começou a falhar, impedindo-o de expandir sua obra. Hawthorne passou a ser acometido por fortíssimas dores de estômago. Contrariando as ordens médicas, decidiu acompanhar o amigo Pierce numa viagem às White Mountains, uma cordilheira nevada no estado de New Hampshire. Durante essa viagem, na noite de 19 de maio de 1864, morreu enquanto dormia. Outros livros de sua autoria – coletâneas de contos com material inédito e romances, alguns inacabados – viriam a ser publicados postumamente.[2]

Mitos gregos começou a ser gestado em 1846. Nathaniel Hawthorne comentou com um amigo do meio editorial, Evert Augustus Duyckinck – biógrafo e editor de, nada mais nada menos, Edgar Allan Poe –, seu desejo de ver algumas histórias resgatadas "do luar frio da mitologia clássica e modernizadas, ou talvez tornadas góticas, de modo a que possam tocar a sensibilidade das crianças de hoje". Disse ainda: "Adotando um tom em alguma medida gótico, ou romântico, ou qualquer outro tom que me agrade, em vez da frieza clássica, tão repelente quanto o toque do mármore ... e, claro, purgarei dos textos a velha perversidade pagã, colocando algum valor moral quando for possível."

Cinco anos depois, ao nascer sua terceira filha, Rose, Hawthorne retomou a ideia e selecionou as seis histórias que gostaria de retrabalhar,

---

2. *The Dolliver Romance*, de 1863 (romance inacabado); *Septimus Felton*, de 1872 (romance); *The Dolliver Romance & Other Pieces*, de 1876 (contos); *Doctor Grimshawe's Secret*, de 1882 (romance inacabado); *The Great Stone Face and Other Tales of the White Mountains*, 1889 (contos); *Twenty Days with Julian and Little Bunny*, 2003 (trechos de diários e cadernos).

e que compõem o presente volume. São elas: "A cabeça da górgona", que narra a luta do herói Perseu contra Medusa, a monstruosa criatura com cabelos de serpente; "O Toque Dourado", que recupera a maldição do famoso rei Midas, castigado pela ganância; "O Paraíso das Crianças", na qual é aberta a famosa caixa de Pandora, fonte de todos os problemas da humanidade; "As três maçãs douradas", protagonizada por Hércules, aqui em busca das frutas de ouro do jardim das ninfas Hespérides; "A ânfora milagrosa", segundo a qual os deuses Zeus e Hermes, disfarçados, aproximaram-se de dois mortais; e "A Quimera", que reconta a doma de Pégaso, o cavalo alado, por Belerofonte, e sua luta contra o monstro de três cabeças e cauda de serpente.

Outro amigo editor, James Thomas Fields, entusiasmado, apressou-o a concluir o projeto. Todas as histórias foram escritas entre junho e julho de 1851, enquanto os Hawthorne moravam em Lenox. O manuscrito final foi enviado à editora em 15 de julho. Na carta que o acompanhava, Hawthorne dizia: "Começarei a aproveitar o verão agora e a ler romances bobinhos, se conseguir algum, e a fumar charutos sem pensar em nada – o que equivale a pensar em todo o tipo de coisa."

Mitos gregos vendeu 4.667 exemplares em apenas dois meses, tendo sido publicado em novembro daquele ano. Como comparação, *Moby Dick*, a obra-prima de seu amigo Herman Melville, lançado no mesmo mês, vendeu apenas 1.800 exemplares no período. A amizade entre os dois escritores passou incólume por tais diferenças na desproporcional recepção de suas obras, e Melville é inclusive citado aqui, na conversa após a última história: "Deste lado de Pittsfield está Herman Melville, dando forma à gigantesca ideia de sua 'Baleia Branca', enquanto o relevo imenso de Greylock assoma-lhe da janela do escritório."

No Brasil, a obra de Nathaniel Hawthorne não está publicada integral e organizadamente. Seu romance *A letra escarlate* é, disparado, o que teve mais traduções, somando até hoje seis. Os mitos gregos recontados para jovens tiveram duas edições inaugurais, uma delas a cargo do famoso tradutor Oscar Mendes, sob o título *Contos da Grécia antiga*, e outra, batizada de *O paraíso juvenil*, feita por Manuel R. da Silva, ambas lançadas em 1950. Mais tarde, foram adaptados pelo escritor Orígenes Lessa, autor do clássico juvenil *Memórias de um cabo de vassoura*. Essas adaptações dividiram-se em três volumes, todos publicados em 1967 e denominados, respectivamente: *A cabeça de Medusa e outras lendas gregas*, *O Minotauro e outras lendas gregas* e *O Palácio de Circe e outras lendas gregas*. Mais tarde, em 2001, Monica Veronezi Rizzolo e Afonso Teixeira Filho lançaram nova tradução do primeiro volume de mitos, com o título original. Em 2002, a grande escritora infantil e juvenil Tatiana Belinky traduziu e publicou isoladamente o mito *Toque de ouro*. Por fim, em 2005, Edmir Perrotti adaptou a história de *O minotauro*.

RODRIGO LACERDA

Rodrigo Lacerda é escritor e tradutor. Autor de *Hamlet ou Amleto: Shakespeare para jovens curiosos e adultos preguiçosos* e *A república das abelhas*, entre outros. Recebeu o Prêmio Jabuti de tradução por *O conde de Monte Cristo* e *Os três mosqueteiros* (publicados pela Zahar), sempre em parceria com André Telles. É diretor da coleção Clássicos Zahar.

MITOS GREGOS

Belerofonte montado em Pégaso

PREFÁCIO

HAVIA MUITO QUE este autor cultivava a opinião de que boa parte dos mitos clássicos podiam ser transformados em excelente leitura para as crianças. No pequeno volume aqui oferecido ao público, ele reelaborou seis desses mitos com tal propósito em vista. Uma grande liberdade de tratamento foi necessária para alcançá-lo; no entanto, todo aquele que tentar provar da maleabilidade dessas lendas em sua própria fornalha intelectual poderá notar que elas são maravilhosamente independentes de todos os modos e circunstâncias temporais. Elas permanecem as mesmas na essência, depois de mudanças capazes de afetar a identidade de praticamente qualquer outra coisa.

O autor, portanto, não se vê culpado do sacrilégio de ter, por vezes, remodelado ao gosto de sua fantasia formas reverenciadas por uma antiguidade de dois ou três mil anos. Não há época que possa reclamar os direitos autorais dessas fábulas imemoriais. Elas parecem nunca ter sido produzidas; e decerto, enquanto o homem existir, jamais perecerão; mas, por sua própria indestrutibilidade, são objeto legítimo para que toda nova era o componha com seus próprios adornos de modos e sentimentos e os anime com sua própria moral. Na atual versão, é possível que tenham perdido muito de seu aspecto clássico (ou, de qualquer modo, o autor não cuidou de preservá-los) e assumido, quiçá, um disfarce gótico ou romântico.

Ao levar a cabo essa agradável tarefa – pois foi de fato uma tarefa adequada ao tempo quente e uma das mais deliciosas, no tocante à literatura, que ele jamais empreendeu –, o autor não foi do pensamento de que fosse preciso descer o tom do texto para mantê-lo no nível de compreensão das crianças. Em geral, permitiu que o tema se elevasse, sempre que esta fosse sua tendência, e quando ele próprio sentia-se feliz o bastante para segui-lo sem esforço. As crianças dispõem de uma inestimável sensibilidade para tudo que é profundo ou elevado, na imaginação ou no sentimento, desde que seja também simples. Somente o artificial e intrincado as confunde.

Lenox, 15 de julho de 1851

A cabeça da górgona

Varanda de Tanglewood

Introdução a "A cabeça da górgona"

Sob a varanda de uma grande propriedade chamada Tanglewood, numa bela manhã de outono, reunia-se um alegre grupo de pequenos, com um jovem alto no meio deles. Os pequenos tinham planejado uma expedição para colher nozes e estavam impacientes à espera de que a névoa se elevasse ao topo das colinas, e o sol derramasse o calor do veranico pelos campos e pastos, assim como nos recessos do bosque e suas muitas cores. Havia a promessa de um dia muito bonito, tão alegre e claro como nenhum outro que tenha dado luz e brilho às formas deste belo e confortável mundo. Até aquele instante, no entanto, a neblina da manhã preenchia toda a extensão e largura do vale, acima do qual, na gentil elevação de uma encosta, encontrava-se a mansão.

Essa massa de vapor branco estendia-se a menos de cem metros da casa e escondia absolutamente tudo para além dessa distância, com exceção de umas poucas copas de árvores, amarelas ou avermelhadas, que aqui e ali emergiam e recebiam a glória dos primeiros raios de sol, assim como a imensa superfície da bruma. Cinco ou seis quilômetros ao sul elevava-se o cimo do monte Monumento, que parecia flutuar sobre uma nuvem. Mais além, a cerca de vinte quilômetros na mesma direção, avistava-se o mais alto domo da cordilheira Taconic, azul e vago, não mais sólido do que o vaporoso mar no qual praticamente imergia. As colinas mais próximas, a bordejar o vale, mostravam-se apenas parcialmente submersas, tocadas de pequenas coroas de nuvens por todo o caminho a seus topos. No todo, tantas eram as nuvens, e tão pouca a terra sólida, que a paisagem tinha a irrealidade de uma visão.

As crianças acima mencionadas, tão cheias de vida quanto a podiam ter dentro de si, saíam sem parar da varanda de Tanglewood, e ora disparavam pela trilha de cascalho, ora corriam pela relva orvalhada do jardim. Eu não saberia dizer quantas eram essas criaturinhas; de qualquer modo, não menos do que nove ou dez, nem mais do que doze – crianças de todos os tipos, tamanhos e idades, meninas ou meninos. Eram irmãos, irmãs e primos, além de seus coleguinhas, todos convidados pelo sr. e a sra. Pringle para desfrutar um pouco daqueles agradabilíssimos dias com seus próprios filhos em Tanglewood. Temo dizer quais eram seus nomes, ou mesmo dar-lhes quaisquer outros nomes, pelos quais outras crianças já tenham sido chamadas; pois, segundo sei, os escritores às vezes se metem em belas encrencas ao dar por acidente nomes de pessoas reais às personagens de seus livros. Por essa razão, desejo chamá-las Primavera, Pervinca, Musgo-renda, Dente-de-leão, Flor-de-amor, Trevo, Mirtilo, Prímula, Margaridinha, Flor de Abóbora, Flor de Bananeira e Botão-de-ouro; embora, para dizer a verdade, esses nomes mais me lembrem um grupo de seres encantados, pequenos gênios e fadinhas, do que a companhia de crianças terrenas.

Não se deve supor que esse pessoalzinho tivesse a permissão de seus cuidadosos pais e mães, tios e tias, avôs e avós, para caminhar a esmo por campos e bosques sem a proteção de uma pessoa especialmente séria e mais velha. Ah, não, não mesmo! Na primeira frase do meu livro, você vai se lembrar de que falei de um jovem alto, que estava no meio das crianças. Seu nome (vou permitir que você conheça o nome verdadeiro dele, pois ele julga ser uma grande honra ter contado as histórias que aqui estão impressas) era Eustace Bright. Ele era aluno do Williams College e contava à época, creio eu, a respeitabilíssima idade de dezoito anos; daí o fato de ele se sentir como um avô diante de Pervinca, Dente-de-leão, Mirtilo, Flor de Abóbora, Margaridinha e as demais crianças, que eram somente meio ou um terço menos respeitáveis do que ele. Um problema de visão (como muitos estudantes, hoje em dia, julgam necessário ter para provar sua dedicação aos livros) levara-o a se afastar da faculdade por uma ou duas semanas após o início do trimestre. De minha parte, tive raríssimas oportunidades na vida de encontrar um par de olhos que parecesse enxergar tão bem e tão longe quanto o de Eustace Bright.

Esse estudante instruído era esguio e um tanto pálido, como são todos os estudantes ianques; no entanto, dispunha de aspecto saudável, tão ativo e alegre que mais parecia ter asas nos sapatos. A propósito, apaixonado que era por caminhar na água pelos córregos e atravessar os campos, já trazia calçadas para a expedição suas botas de couro. Vestia uma blusa de linho, uma boina de pano e um par de óculos de lentes verdes, que provavelmente adotara menos pela preservação dos olhos do que pela dignidade que emprestavam ao seu semblante. Qualquer que fosse a razão, ele os poderia igualmente ter dispensado; pois Mirtilo, uma fadinha muito arteira, engatinhou discretamente por trás de Eustace, quando este sentou-se nos degraus da varanda, roubou-lhe os óculos do nariz e colocou-os em seu rosto; e como o estudante esqueceu-se de pegá-los de volta, eles caíram no relvado, para ali esperar pela primavera seguinte.

Ora, você precisa saber uma coisa: Eustace Bright conquistara enorme fama entre as crianças como contador de maravilhosas histórias; e embora por vezes afetasse aborrecimento, quando elas provocavam-no para que lhes contasse mais histórias, realmente duvido que ele gostasse tanto de qualquer outra coisa quanto gostava de narrá-las. Por isso, dava para ver seus olhos brilharem quando Trevo, Musgo-renda, Prímula, Botão-de-ouro e a maioria de seus amiguinhos procuravam-no para que ele narrasse uma de suas histórias, enquanto esperavam a neblina se dissipar.

– Sim, primo Eustace – disse Primavera, uma radiante garota de doze anos, de olhos felizes e um nariz levemente arrebitado –, a manhã é a melhor hora do dia para essas suas histórias que acabam com a nossa paciência. É menor o risco de magoarmos seus sentimentos cochilando nos trechos mais interessantes, como Prímula e eu fizemos na noite passada!

– Primavera, sua malvada! – exclamou Prímula, do alto de seus seis anos. – Eu não cochilei; eu só fechei os olhos para ver uma pintura do que primo Eustace estava contando. É muito bom ouvir as histórias dele de noite, porque a gente pode sonhar com elas dormindo; e de manhã também, porque a gente pode sonhar com elas de pé. Por isso eu queria que ele contasse uma para a gente agora mesmo.

– Obrigado, Primulazinha – disse Eustace. – Não tenha dúvida de que você vai ganhar a melhor história que eu tiver, só por ter me defendido dessa menininha malvada. Mas, crianças, eu já contei a vocês tantos contos de fadas que duvido que exista algum que vocês não tenham escutado pelo menos umas duas vezes. Acho que vocês vão dormir de verdade, se eu repetir mais uma vez qualquer um deles.

– Não, não, não! – exclamaram Flor-de-amor, Pervinca, Flor de Bananeira e outras muitas. – A gente gosta ainda mais da história quando ela já foi contada umas duas ou três vezes.

E, no que toca às crianças, trata-se de uma verdade: o interesse delas numa história parece só crescer depois de não apenas duas ou três narrações, mas ao longo de incontáveis repetições. Eustace Bright, porém, do alto da exuberância de seu repertório, não julgava digno fazer uso de uma prerrogativa da qual contadores de histórias mais velhos teriam se valido com alegria.

– Seria uma pena – disse ele – que um homem com a minha instrução (para não falar de minha própria imaginação) não encontrasse uma nova história todos os dias, ano após ano, para crianças feito vocês. Vou contar, então, uma das histórias infantis feitas para a diversão de nossa grande e velha avó, a Terra, no tempo em que ela ainda usava vestidinho e babador. Existem centenas delas; e acho inacreditável que já não tenham sido, há muito tempo, registradas em livros com ilustrações para meninas e meninos. Em vez disso, uma gente vetusta, de barba branca, se debruça sobre elas em livros embolorados escritos em grego e fica quebrando a cabeça para tentar descobrir quando, como e por que elas foram inventadas.

– Muito beeeeeeeem, primo Eustace! – gritaram todas as crianças de uma só vez. – Agora chega de falar das histórias. A gente quer que você conte.

– Sentem-se, então, crianças – disse Eustace Bright –, e fiquem quietinhas feito ratinhos. Se alguém der um pio, e isso vale para a malvada Primavera, que é grande, para Dente-de-leão, que é pequeno, ou qualquer um de vocês, juro que corto a história no dente e engulo a parte que não contei. Mas, antes de começar: quem de vocês sabe o que é uma górgona?

– Eu sei – disse Primavera.

– Então, ó: bico calado! – respondeu Eustace, que teria preferido que ela não soubesse coisa alguma sobre o assunto. – Todo mundo de bico calado, que eu vou contar uma historinha muito bonita sobre a cabeça de uma górgona.

E assim ele fez, como você poderá ler a seguir. Exercitando sua erudição de universitário de segundo ano com bastante sensibilidade e contando bastante com os ensinamentos de seu professor Anthon, ele, no entanto, dispensava todas as autoridades clássicas sempre que a audácia fantasiosa de sua imaginação o impelia a tal.

A cabeça da górgona

Perseu era filho de Dânae, que era filha de um rei. E quando Perseu era um menininho muito pequeno, algumas pessoas más colocaram-no junto com sua mãe num baú e o lançaram ao mar. O vento soprava forte e levou o baú para longe da praia. As ondas bravias empurravam-no de um lado para outro, e Dânae abraçava o filho bem apertado, no peito, com medo de que a crista de alguma enorme onda estourasse com sua espuma sobre os dois. O baú seguiu viagem, porém; nem afundou, tampouco foi incomodado; até que, chegada a noite, flutuava tão perto de uma ilha que acabou preso nas redes de um pescador e foi arrastado à areia. A ilha se chamava Serifo. Seu rei – aliás, irmão do pescador – era Polidectes.

Esse pescador, digo-lhes com alegria, era um homem extraordinariamente bom e correto. Ele demonstrou grande compaixão para com Dânae e seu menininho e seguiu oferecendo-lhes assistência e amizade até Perseu ter se transformado num rapaz bonito, muito forte e ativo, além de habilidoso no manejo de armas. Muito tempo antes, o rei Polidectes vira os dois estranhos – a mãe e seu filho – chegando a seus domínios num baú flutuante. Como não era um sujeito bom e generoso, ao contrário de seu irmão pescador, mas bastante mau, decidiu enviar Perseu numa perigosa missão, da qual provavelmente não sairia vivo, e em seguida praticar alguma terrível maldade contra sua mãe. Assim, esse rei de coração vil passou um bom tempo pensando em qual seria a coisa mais perigosa jamais feita por um homem jovem. Por fim, tendo encontrado uma empreitada que prometia revelar-se tão fatal quanto desejava, mandou chamar o juvenil Perseu.

O jovem foi ao palácio e encontrou o rei em seu trono.

– Perseu – disse o rei Polidectes, com um malicioso sorriso no rosto –, você cresceu e tornou-se um belo rapaz! Você e sua mãe têm conhecido não poucos benefícios de minha generosidade, assim como da bondade de meu bom irmão pescador, e imagino que não se incomodariam de retribuí-la parcialmente.

– Para agradar Sua Majestade – respondeu Perseu –, arriscaria minha própria vida com prazer.

– Pois bem – prosseguiu o rei, ainda portando um sorriso ardiloso nos lábios –, tenho uma pequena aventura a propor-lhe; e como você é um jovem corajoso e industrioso, não tenho dúvida de que reconhecerá a honra de ter tão rara oportunidade de fazer-se conhecido de todos. Você deve saber, meu bom Perseu, que penso em casar-me com a bela princesa Hipodâmia; e é costume, nessas ocasiões, presentear a noiva com algum elegante e curioso objeto conquistado alhures. Ando um pouco confuso, devo confessar-lhe, quanto ao lugar onde conseguir qualquer coisa do gênero para agradar uma princesa de gosto tão refinado. Mas, nesta manhã, folgo em dizê-lo, cheguei a uma conclusão sobre o que dar-lhe.

– E posso eu ajudar Sua Majestade a obtê-la? – perguntou Perseu, ansioso.

– Pode, se de fato for um rapaz tão corajoso quanto creio que é – respondeu o rei Polidectes, com grande gentileza de modos. – O presente de noivado que decidi dar, em meu coração, à bela Hipodâmia é a cabeça da górgona Medusa, com suas madeixas serpentinas; e conto com você, meu caro Perseu, para trazê-la a mim. Assim, ansioso como estou para honrar meus compromissos com a princesa, quanto mais rápido você sair em busca da górgona, mais feliz eu ficarei.

– Partirei amanhã com o nascer do dia – respondeu Perseu.

– Que assim seja, meu intrépido jovem – disse o rei. – E, Perseu: ao cortar a cabeça da górgona, cuide em dar um golpe limpo, para não lhe prejudicar a aparência. Você deve trazê-la de volta nas melhores condições, para agradar o gosto tão refinado da bela princesa Hipodâmia.

Perseu deixou o palácio e, mal tinha se afastado o bastante, Polidectes explodiu numa gargalhada – imensamente satisfeito, e mau que era, o rei estava surpreso de ver quão prontamente o jovem caíra na armadilha. Rapidamente se espalhou a notícia de que Perseu tinha a missão de cortar a cabeça de Medusa com cabelos de serpente. Todos estavam alegres; pois a maioria dos habitantes da ilha era tão vil quanto o próprio rei e não teria achado nada melhor do que ver um grande mal acometer Dânae e seu filho. O único homem bom nessa miserável ilha de Serifo parecia ser o pescador. Quando Perseu partiu, portanto, as pessoas apontavam para ele e faziam caretas e piscavam umas para as outras, ridicularizando-o tão alto quanto ousavam.

– Ho, ho! – exclamavam. – As cobras de Medusa vão picá-lo inteirinho!

Havia, então, três górgonas vivas; e elas eram os monstros mais estranhos e terríveis que jamais existiram desde que o mundo foi criado, ou que já foram vistos nos dias que se seguiram à Criação ou que provavelmente já se viram desde então. Não tenho ideia de que tipo de criatura ou demônio eram. Só sei que eram três irmãs que, ao que tudo indica, tinham uma semelhança bastante vaga com mulheres, mas eram, na verdade, um tipo muito mau e assustador de dragão. É difícil imaginar que seres medonhos essas três irmãs eram. Ora, no lugar do cabelo – podem acreditar – cada uma delas tinha umas cem cobras enormes que lhes cresciam na cabeça, todas vivas, contorcendo-se, tremendo e se enrolando, com suas línguas venenosas, de pontas bifurcadas, para fora! Os dentes das górgonas eram presas terrivelmente longas; suas mãos eram feitas de bronze; e seus corpos, cobertos de escamas que, se não eram de aço, eram igualmente duras e impenetráveis. Elas também tinham asas, umas asas fantásticas, posso lhes garantir; porque cada pena delas era de um ouro puro – lustroso, brilhante, reluzente! Devia ser fascinante – sem dúvida, coisa de cegar a gente – ver as górgonas voando à luz do sol.

Mas quando acontecia de as pessoas virem, ainda que de relance, seu brilho reluzente no alto do céu, elas raramente paravam para admirá-lo, e corriam e se escondiam tão rápido quanto podiam. Vocês talvez pensem que elas tinham medo de serem picadas pelas serpentes que as górgonas tinham no lugar do cabelo – ou de ter as cabeças mordidas por suas presas horríveis – ou de serem feitas em picadinho por suas garras de bronze. Bom, é claro que esses eram alguns dos perigos, mas de forma alguma o maior, nem o mais difícil de evitar. Pois a pior coisa sobre essas górgonas abomináveis era que, uma vez que um pobre mortal botava os olhos em seus rostos, naquele exato instante seu corpo quente de carne e osso transformava-se em pedra fria e sem vida!

Assim, como vocês facilmente perceberão, era uma aventura muito perigosa a que o perverso rei Polidectes planejara para esse inocente jovem. O próprio Perseu, quando pensou no assunto, não pôde deixar de constatar que tinha muito pouca chance de passar por ela a salvo, e que era mais provável que fosse reduzido a uma imagem de pedra do que trouxesse a cabeça de Medusa com os cabelos de serpente. Pois, sem falarmos em outras dificuldades, havia uma que teria feito até mesmo um homem mais velho do que Perseu quebrar a cabeça para resolver. Não só ele precisava enfrentar e matar esse monstro de asas douradas, escamas de aço, longas presas, garras de bronze e cabelos de serpente, como precisaria fazer isso de olhos fechados ou, pelo menos, sem olhar para o inimigo contra o qual estava lutando. De outro modo, enquanto seu braço se erguesse para atingi-la, ele se tornaria pedra, e o herói então ficaria com aquele braço erguido por séculos até que o tempo e o vento, o calor e o frio o destruíssem. Seria muito triste que isso acontecesse com um rapaz que queria realizar muitos feitos de bravura e desfrutar da felicidade neste mundo tão belo e brilhante.

Esses pensamentos deixaram Perseu tão triste que ele não suportava a ideia de contar para a mãe o que se comprometera a fazer. Assim, ele tomou de seu escudo, prendeu a espada a um cordão e nadou da ilha ao continente. Lá, sentou-se num lugar solitário. Ele mal conseguia conter as lágrimas.

Mas, enquanto estava assim lamentoso, ele escutou uma voz que surgia detrás de si.

– Perseu – disse a voz –, por que você está assim tão triste?

Ele ergueu a cabeça de entre as mãos, que a escondiam, e vejam só! – Perseu pensava estar sozinho, mas ali havia um estranho. Era um jovem inteligente, forte e astuto, com um manto sobre os ombros, um chapéu esquisito na cabeça, um cajado esdruxulamente torto na mão e uma espada curta, bastante curva, pendurada a tiracolo. Sua figura dava a impressão de alguém alegre e ativo, uma pessoa muito habituada à ginástica e bastante apta a saltar ou correr. Acima de tudo, o estranho tinha uma aparência tão prestimosa, sagaz e agradável (embora também fosse certamente um pouco enganadora) que Perseu não pôde resistir e sentiu seu ânimo elevar-se e ficar mais vivo enquanto o admirava. Ademais, sendo Perseu um jovem de fato valente, ele se sentiu enormemente envergonhado de que alguém o tivesse encontrado com lágrimas nos olhos, como um menininho medroso – quando, na verdade, talvez não houvesse razão para o desespero. Assim, Perseu secou os olhos e respondeu ao estranho com vigor, tentando parecer tão forte quanto possível.

– Não estou muito triste – disse ele –, apenas preocupado em relação a uma aventura que preciso realizar.

– Nossa! – respondeu o estranho, não sem ironia. – Ora, fale-me sobre ela, e talvez eu possa servir-lhe de ajuda. Já auxiliei muitos jovens em aventuras que pareciam bastante difíceis antes que fossem realizadas. Talvez você tenha ouvido falar de mim. Nome, eu tenho vários; mas Azougue me cai tão bem quanto qualquer outro. Diga-me qual é o problema, conversaremos sobre o assunto e veremos o que é possível fazer.

As palavras e os modos do estranho colocaram Perseu num estado de espírito bastante diferente do inicial. Ele decidiu contar a Azougue todas as suas dificuldades, já que pior do que estava dificilmente ficaria; além disso, talvez seu novo amigo pudesse lhe dar um conselho que, por fim, se revelasse bom. Assim, permitiu que o estranho soubesse, em poucas palavras, precisamente o que se passava: o fato de o rei Polidectes querer presentear a bela princesa Hipodâmia, sua noiva, com a cabeça de Medusa e seus cabelos de serpente; e ele, Perseu, ter tomado para si a incumbência de obtê-la, porém temendo ser transformado em pedra.

– E que pena seria se isso acontecesse, não? – disse Azougue, com seu sorriso arteiro. – Você daria uma bela estátua de mármore, é verdade, e levaria muitos séculos até que se desfizesse; mas, de modo geral, é preferível permanecer jovem por alguns anos a ser uma imagem de pedra por muitos.

– Ah, mais do que preferível! – exclamou Perseu, com as lágrimas ainda lhe marejando os olhos. – Além do mais, o que faria minha mãe querida se seu filho querido se transformasse em pedra?

– Ora, ora, vamos torcer para que este caso não acabe tão mal – respondeu Azougue, em tom encorajador. – Sou a pessoa certa para ajudá-lo. Minha irmã e eu vamos fazer todo o possível para que sua aventura se realize sem maiores riscos, por pior que agora ela lhe pareça.

– Sua irmã? – repetiu Perseu.

– Sim, minha irmã – disse o estranho. – Ela é bem sábia, posso lhe garantir; e, quanto a mim, em momentos de dificuldade mantenho a calma, sempre alerta. Desde que você se mostre audaz e prudente e siga nossos conselhos, não vejo razão para temer transformar-se numa imagem de pedra. Mas, em primeiro lugar, você precisa polir seu escudo, até ser capaz de ver seu rosto nele tão claramente quanto num espelho.

Isso pareceu a Perseu um começo de aventura bem estranho; pois, pensava ele, era muito mais importante que o escudo fosse forte o bastante para defendê-lo das garras de bronze da górgona do que reluzente o bastante para mostrar o reflexo de seu rosto. Contudo, concluindo que Azougue sabia das coisas mais do que ele, imediatamente pôs a mão na massa e esfregou o escudo com tanto cuidado e disposição que ele rapidamente brilhava como a lua em tempo de colheita. Azougue olhou para o escudo com um sorriso e balançou a cabeça em sinal de aprovação. Em seguida, desembainhando sua própria espada, pequena e torta, prendeu-a na cintura de Perseu, tomando para si a que ele antes portava.

– Nenhuma espada além da minha vai atender a sua necessidade – comentou. – A lâmina é muito bem temperada e vai cortar aço e bronze tão fácil quanto se fosse o galho mais fininho. Agora vamos em frente. O próximo passo é encontrar as Três Mulheres Grisalhas, que vão nos dizer onde podemos achar as ninfas.

– As Três Mulheres Grisalhas! – exclamou Perseu, a quem essa parecia apenas uma nova dificuldade no caminho de sua aventura. – Mas quem são essas Três Mulheres Grisalhas? Nunca ouvi falar delas.

– São três senhoras muito estranhas – disse Azougue, rindo. – Elas só têm um olho e um dente entre si. Além disso, você precisa encontrá-las à luz das estrelas ou no crepúsculo da tarde, porque elas nunca se mostram à luz do sol ou da lua.

– Mas por que eu deveria perder meu tempo com essas Três Mulheres Grisalhas? – perguntou Perseu. – Não seria melhor sair de uma só vez à procura das terríveis górgonas?

– Não, não – respondeu seu amigo. – Há outras coisas a fazer antes de você sair em busca das górgonas. Não há alternativa senão ir à caça dessas velhas senhoras; e quando nós as encontrarmos, esteja certo de que as górgonas não estarão longe. Venha, vamos nos apressar!

Perseu, a essas alturas, estava tão confiante na sagacidade de seu companheiro que não fez outras objeções e se disse pronto a começar imediatamente a aventura. Então, eles partiram, caminhando bem rápido – tão rápido que Perseu achou um pouco difícil acompanhar os passos ágeis de seu amigo Azougue. Para dizer a verdade, parecia-lhe que Azougue vestia sapatos com um par de asas que, é claro, o ajudavam muitíssimo. E então, quando Perseu olhou-o de lado, de canto de olho, pareceu-lhe que também tinha asas nas têmporas – embora, quando se colocava de frente, não se vissem tais asas, apenas um tipo estranho de chapéu. De qualquer forma, o cajado torto era, disso não restava dúvida, uma grande conveniência para Azougue, e permitia-lhe seguir tão rápido que Perseu, embora um jovem bastante atlético e disposto, começou a ficar sem fôlego.

– Aqui! – exclamou Azougue, por fim. Porque ele bem sabia, malandro que era, como estava sendo difícil para Perseu acompanhar seu passo. – Fique com o cajado; você precisa dele mais do que eu. Não existe gente que caminhe melhor do que você na ilha de Serifo?

– Eu caminharia muito bem – disse Perseu, olhando discretamente para os pés do companheiro – se tivesse um par de sapatos alados.

– Vamos ver se lhe conseguimos um par – respondeu Azougue.

Mas o cajado ajudou tanto Perseu ao longo da caminhada que ele não sentiu mais o menor cansaço. Na verdade, o cajado não só parecia vivo em sua mão como emprestava um pouco de sua vida a Perseu. Ele e Azougue agora caminhavam tranquilamente, conversando muito à vontade; e Azougue contou-lhe tantas e agradáveis histórias sobre suas antigas aventuras e sobre como sua inteligência tinha-lhe sido útil em várias circunstâncias que Perseu começou a vê-lo como uma pessoa formidável. Era óbvio que ele conhecia o mundo, e ninguém é tão interessante para um jovem quanto um amigo que tenha esse tipo de conhecimento. Perseu escutou-o ainda mais ansiosamente, na esperança de iluminar sua própria inteligência a partir do que ouvia.

Por fim, ocorreu-lhe recordar que Azougue lhe falara de uma irmã, que iria ajudá-los na aventura à qual se encaminhavam.

– Onde ela está? – perguntou. – Vamos encontrá-la em breve?

– Tudo a seu tempo – disse seu companheiro. – Mas minha irmã, entenda, tem uma postura bem diferente da minha. Ela é muito séria e prudente, raramente sorri, nunca dá risada e tem como regra jamais pronunciar uma palavra a menos que tenha alguma coisa particularmente profunda a dizer. Também jamais escuta qualquer coisa que não seja uma conversa séria.

– Meu Deus! – exclamou Perseu. – Vou ficar com medo de abrir a boca.

– Ela é uma pessoa que sabe o que faz, isso eu posso lhe garantir – prosseguiu Azougue –, e tem todas as artes e ciências na palma da mão. Para encurtar a história, ela é tão, mas tão sábia, que muitas pessoas acreditam que é a própria sabedoria encarnada. Mas, a bem da verdade, devo dizer que não é muito animada para o meu gosto; acho que você não ia achá-la uma companheira de viagem tão divertida quanto eu. Ela tem seus lados positivos, não dá para negar; e você vai tirar proveito deles, no seu encontro com as górgonas.

A essas alturas havia ficado bem escuro. Eles chegaram, então, a um lugar bastante selvagem e deserto, coberto de arbustos enormes e tão silencioso e solitário que mais parecia que ninguém jamais o habitara ou passara por ali. Tudo era desolação naquele crepúsculo cinza, cada vez mais umbroso. Perseu olhou ao redor, um tanto desconsolado, e perguntou a Azougue se eles ainda tinham um caminho longo pela frente.

– Psiu! Psiu! – sussurrou seu companheiro. – Silêncio! Este é o lugar e a hora de encontrar as Três Mulheres Grisalhas. Cuidado para que elas não o vejam antes que você as veja: embora só tenham um olho entre si, é um olho que vê mais do que meia dúzia de olhos comuns.

– Mas o que eu devo fazer – perguntou Perseu – quando a gente topar com elas?

Azougue explicou a Perseu como as Três Mulheres Grisalhas lidavam com o único olho que tinham. Era costume delas, segundo constava, passar o olho uma para a outra como se fosse um par de óculos, ou – o que lhes teria sido mais adequado – um monóculo. Quando uma das três já tinha ficado com o olho por algum tempo, ela o tirava da órbita e o passava a uma das irmãs, que esperava sua vez e imediatamente o enfiava em sua própria cabeça e desfrutava de uma olhadela no mundo visível. Daí se entende facilmente que só uma das Três Mulheres Grisalhas era capaz de ver, enquanto as outras duas ficavam na mais absoluta escuridão; e, ademais, no momento em que o olho passava de mão em mão, nenhuma das pobres senhoras era capaz de ver nada. Já ouvi muita coisa estranha nessa vida, e não testemunhei pouca; mas nada, segundo me parece, pode se comparar às esquisitices dessas Três Mulheres Grisalhas, todas olhando por um olho só.

Perseu pensava da mesma forma, e estava tão espantado que quase imaginou que seu companheiro lhe estava pregando uma peça e que aquelas velhas mulheres simplesmente não existiam.

– Você vai ver logo, logo se estou dizendo ou não a verdade – observou Azougue. – Escute! Silêncio! Psiu! Psiu! Aí vêm elas!

Perseu forçou os olhos pelo crepúsculo do anoitecer, e ali, de fato, a não muita distância, avistou as Três Mulheres Grisalhas. Com a luz tão fraca, ele não conseguia distinguir sua aparência; apenas percebeu que tinham longos cabelos grisalhos; e, à medida que se aproximavam, viu que duas delas dispunham de apenas uma órbita ocular vazia no meio da testa. No meio da testa da terceira irmã, porém, havia um olho muito grande, brilhante e penetrante, que reluzia como um grande diamante num anel; e tão penetrante ele parecia ser que Perseu não pôde senão pensar que de fato tinha o dom de ver na mais escura meia-noite tão perfeitamente quanto ao meio-dia. A visão dos olhos de três pessoas se misturava e se reunia num olho só.

Assim, as três velhas senhoras caminhavam bastante à vontade, como se todas pudessem ver ao mesmo tempo. A que tinha, então, o olho na testa conduzia as outras duas pela mão, espreitando o tempo todo ao seu redor; de tal forma que o herói temeu que sua visão fosse capaz de atravessar a densa folhagem dos arbustos atrás dos quais ele e Azougue tinham se escondido. Oh! Era realmente horrível estar ao alcance de um olho tão vivo!

Mas, antes de chegarem aos arbustos, uma das Três Mulheres Grisalhas falou.

– Irmã! Irmã Espantalho! – exclamou ela. – Você já está há bastante tempo com o olho. Agora é minha vez!

– Deixe-me ficar com ele mais um pouquinho, Irmã Pesadelo – respondeu Espantalho. – Acho que vi alguma coisa atrás daquela folhagem densa.

– Bem, mas e daí? – retrucou Pesadelo, descontente. – Não sou capaz de ver tão facilmente quanto você através da folhagem? O olho é tão meu quanto seu; e eu sei fazer uso dele tão bem quanto você ou talvez um pouquinho melhor. Faço questão de dar uma olhada imediatamente!

Mas aqui a terceira irmã, cujo nome era Bate-Queixo, começou a reclamar e disse que era a vez dela de ficar com o olho, e que Espantalho e Pesadelo queriam ficar com o olho só para si. Para encerrar a disputa, a velha senhora Espantalho tirou o olho da testa e o estendeu.

– Peguem – ela exclamou –, e chega dessa briguinha boba. Da minha parte, vou ficar feliz com um pouco de negrume. Mas peguem rápido, ou vou encaixá-lo de novo na minha cabeça!

Assim, tanto Pesadelo quanto Bate-Queixo esticaram as mãos, tateando ansiosas para pegar o olho da mão de Espantalho. No entanto, cegas como estavam, não conseguiam encontrar com facilidade a mão de Espantalho; e Espantalho, agora tão na escuridão quanto Bate-Queixo e Pesadelo, não era capaz de encontrar as mãos das duas, para então colocar o olho nelas. Assim (como vocês podem perceber de olhos fechados, meus sábios e pequenos espectadores), essas velhas senhoras haviam incorrido numa estranha e complicada situação. Pois, embora o olho brilhasse e reluzisse como uma estrela, as Mulheres Grisalhas não eram capazes de vislumbrar a luz que emanava da mão de Espantalho, e estavam, todas as três, na mais absoluta escuridão, tanta era a vontade que tinham de ver.

Azougue estava achando muito divertido ver Bate-Queixo e Pesadelo tateando o vazio em busca do olho, enquanto ralhavam com Espantalho e entre si. A diversão era tanta que ele quase não conseguiu conter o riso.

– É sua chance! – sussurrou a Perseu. – Rápido, rápido, antes que elas coloquem o olho em uma de suas cabeças! Corra na direção das velhas e arranque o olho da mão de Espantalho!

Num instante, enquanto as Três Mulheres Grisalhas ainda lançavam reprimendas umas às outras, Perseu saltou de trás dos arbustos e se fez senhor do prêmio. O prodigioso olho, enquanto o segurava em sua mão, brilhava e reluzia e parecia perscrutar-lhe o rosto com um ar sabedor e como se pudesse piscar, estivesse ele provido de um par de pálpebras para tanto. Mas as Mulheres Grisalhas não sabiam o que se passara; e, com cada qual supondo que uma das irmãs estivesse em posse do olho, recomeçaram a brigar. Por fim, como Perseu não tinha a intenção de causar às senhoras mais problemas do que o estritamente necessário, ele julgou correto explicar o caso.

– Minhas boas senhoras – disse ele –, por favor não se zanguem umas com as outras. Se alguém tem alguma responsabilidade pela situação, sou eu mesmo, pois tenho a honra de ter seu olho, brilhante e excelente, em minha própria mão!

– Você! Você está com nosso olho! E quem é você? – gritaram em uníssono as Três Mulheres Grisalhas. Não tenham dúvida de que elas ficaram terrivelmente assustadas ao escutar aquela voz estranha e descobrir que sua visão estava nas mãos de alguém que não conseguiam adivinhar quem era. – Oh, o que faremos, irmãs? O que faremos? Estamos na escuridão! Dê-nos o nosso olho! Dê-nos o nosso único, precioso e solitário olho! Você tem dois só para si! Dê-nos o nosso olho!

– Diga a elas – sussurrou Azougue a Perseu – que terão seu olho de volta assim que lhe disserem onde encontrar as ninfas que guardam as sandálias aladas, o elmo da escuridão e a aljava mágica.

– Minhas caras, boas e admiráveis senhoras – disse Perseu, dirigindo-se às Mulheres Grisalhas –, não há razão para que fiquem com tanto medo. Não sou, de forma alguma, um sujeito mau. Vocês terão seu olho de volta, são, salvo e brilhante como nunca, no momento em que me disserem onde encontrar as ninfas.

– As ninfas! Meu Deus! Irmãs, a que ninfas ele se refere? – gritou Espantalho. – Existem muitas ninfas, segundo dizem as pessoas; alguns afirmam que elas caçam nos bosques, e outros que elas vivem dentro de árvores ou ainda que têm casas confortáveis nas nascentes d'água. Nada sabemos sobre elas. Somos velhas e desafortunadas almas que vagam na escuridão e nunca tivemos senão um único olho entre nós – e justo esse olho, você nos roubou! Oh, dê-nos de volta, bom estranho! Seja você quem for, dê-nos de volta!

Enquanto isso, as Três Mulheres Grisalhas tateavam com suas mãos esticadas e tentavam ao máximo alcançar Perseu. Mas ele tomou cuidado e se manteve fora de alcance.

– Minhas respeitáveis damas – disse ele, pois sua mãe o ensinara a sempre valer-se de bons modos. – Seu olho está a salvo em minha mão e assim será até que, por favor, digam-me onde encontrar essas ninfas. Quero dizer, as ninfas que têm consigo a aljava encantada, as sandálias aladas e... o que mais? Ah, sim, o elmo da invisibilidade.

– Misericórdia, irmãs! Do que esse jovem está falando? – exclamaram Espantalho, Pesadelo e Bate-Queixo uma para a outra, aparentando grande surpresa. – Um par de sandálias aladas, ele disse! Os calcanhares dele não precisariam de um segundo para voar mais alto que sua cabeça se ele fosse bobo o bastante para calçá-las. E um elmo da invisibilidade! Como um elmo o tornaria invisível, a não ser que fosse grande o bastante para que se escondesse dentro dele? E uma aljava encantada! Que engenhoca é essa? Não, não, meu bom estranho! Não temos como ajudá-lo a obter essas maravilhas. Você tem dois olhos só seus, e nós temos só um para nós três. Você é capaz de encontrar essas maravilhas melhor do que três velhas criaturas cegas como nós.

Perseu, escutando-as falar dessa forma, realmente começou a pensar que as Mulheres Grisalhas nada sabiam do assunto; e, como lhe doía tê-las colocado em situação tão difícil, estava a ponto de devolver-lhes o olho e pedir perdão por sua rudeza ao tê-lo apanhado. Mas Azougue tomou-lhe a mão.

– Não deixe que elas o façam de bobo! – disse ele. – Essas Três Mulheres Grisalhas são as únicas pessoas no mundo que podem dizer onde encontrar as ninfas; sem essa informação, você nunca irá conseguir cortar a cabeça com cabelos de serpente de Medusa. Segure firme esse olho, e tudo vai dar certo.

Perseu e as Três Mulheres Grisalhas

Como se descobriu, Azougue estava certo. Existem poucas coisas na vida que as pessoas prezam mais do que sua visão; e as Mulheres Grisalhas prezavam seu único olho por seis, que era o número de olhos que deveriam ter. Depois de concluir que não havia outro meio de recuperá-lo, elas então disseram a Perseu o que ele queria saber. Tão logo o fizeram, ele imediatamente, e com todo o respeito, encaixou o olho na órbita vaga de uma de suas testas, agradeceu-lhes a gentileza e despediu-se. Antes, porém, que o jovem estivesse longe e não pudesse escutá-las, as três voltaram a brigar, pois o herói deu o olho a Espantalho, cuja vez acabara de terminar quando seus problemas com Perseu começaram.

É de lamentar que as Três Mulheres Grisalhas tivessem um hábito como aquele, de perturbar a própria harmonia entre si com disputas desse tipo – e, mais ainda, porque não podiam viver convenientemente uma sem a outra e, como parecia claro, precisavam ser companheiras inseparáveis. Como regra geral, eu aconselharia todas as pessoas – irmãos ou irmãs, velhos ou jovens – que tenham por acaso um só olho entre elas que cultivem a tolerância e não exijam utilizá-lo sempre ao mesmo tempo.

Azougue e Perseu, entrementes, faziam o melhor de seu caminho em busca das ninfas. As velhas senhoras lhes haviam dado direções tão precisas que eles não levaram muito tempo para encontrá-las. As ninfas provaram-se pessoas bem diferentes de Pesadelo, Bate-Queixo e Espantalho. Em vez de velhas, eram jovens e belas; e em vez de terem um olho compartilhado, cada qual tinha para si dois olhos muito brilhantes, com os quais fitavam Perseu muito gentilmente. Elas pareciam já conhecer Azougue; e quando ele lhes contou a aventura que Perseu faria, não criaram dificuldades para lhe dar os valiosos objetos que tinham em seu poder. Em primeiro lugar, trouxeram o que parecia ser uma pequena bolsa, feita de pele de veado e curiosamente bordada; pediram-lhe que fosse cuidadoso e a guardasse bem. Era a aljava mágica. As ninfas, em seguida, trouxeram um par de sapatos, ou sandálias, com duas belas asas em cada calcanhar.

Perseu armado pelas ninfas

– Calce-as, Perseu – disse Azougue. – Pelo resto da viagem, você vai sentir os pés tão leves quanto gostaria.

Perseu, então, começou a colocar uma das sandálias, enquanto a outra ficou no chão ao seu lado. Sem que o esperasse, porém, a outra sandália estendeu as asas, pairou acima do chão e provavelmente teria fugido, não tivesse Azougue a sorte de saltar e agarrá-la no ar.

– Seja mais cuidadoso – disse ele, enquanto a devolvia a Perseu. – Os pássaros ficarão assustados se virem uma sandália voadora entre eles.

Depois de calçar aquelas duas sandálias maravilhosas, o chão já não era o suficiente para Perseu. Com um ou dois passos – atenção! – ele deu um salto no ar, bem acima das cabeças de Azougue e das ninfas, e teve bastante dificuldade para descer à terra de novo. Sandálias aladas, como outras engenhocas voadoras, raramente são fáceis de usar e exigem um pouco de prática. Azougue divertiu-se com os movimentos involuntários do companheiro; disse-lhe que ainda não podia desembestar a correr, pois precisava esperar pelo elmo da invisibilidade.

As boas ninfas traziam consigo o elmo, com seu tufo escuro de penas esvoaçantes, pronto para colocá-lo em sua cabeça. Eis, então, que aconteceu algo mais fantástico do que qualquer coisa que eu tenha contado a vocês! Pois, um minuto antes de o elmo descer-lhe sobre a fronte, lá se via Perseu, um belo jovem, de cachos loiros e rosto rosado, com a espada em meia-lua a tiracolo e o escudo polido e brilhante sob o braço – uma figura que parecia toda feita de coragem, vivacidade e gloriosa luz. No entanto, assim que o elmo cobriu-lhe o rosto, o herói desapareceu – já não havia Perseu que se admirasse! Nada, além do ar vazio! Mesmo o elmo, que o velava com sua invisibilidade, havia desaparecido!

– Onde está você, Perseu? – perguntou Azougue.

– Ora, aqui! – respondeu o herói, muito tranquilamente, como se sua voz tivesse saído da própria atmosfera transparente. – Exatamente onde estava há um instante. Você não me vê?

– De forma alguma! – respondeu o amigo. – Você está escondido debaixo do elmo. Mas, se eu não consigo vê-lo, as górgonas também não vão conseguir. Siga-me, então, e nós testaremos sua destreza com as sandálias aladas.

Com essas palavras, o chapéu de Azougue esticou as asas, como se sua cabeça estivesse prestes a alçar voo de seus ombros; no entanto, toda a sua figura ergueu-se com leveza do chão, e Perseu o acompanhou. No momento em que já tinham ascendido algumas centenas de metros, o jovem começou a sentir a maravilhosa sensação que era deixar a terra sem graça abaixo de si e mover-se rápido como um pássaro.

Era alta noite. Perseu olhou para o alto e viu a lua prateada, redonda e brilhante, e pensou que não desejava nada mais além de voar até ela e ali passar sua vida. Em seguida, olhou para baixo e viu a terra, com seus mares e lagos, os cursos prateados dos rios, os extensos campos e os picos nevados, a umbrosa reunião das florestas e o mármore branco das cidades – e, com a luz da lua a tocar todo o panorama, a terra pareceu-lhe tão bela quanto a lua ou qualquer outra estrela. E, entre outros pontos, reconheceu a ilha de Serifo, onde estava sua mãe. Às vezes, ele e Azougue aproximavam-se de uma nuvem, que, a grande distância, mais parecia feita de uma lã de prata; embora, quando nela mergulhavam, se vissem com frio e umedecidos com a névoa cinza. Tão veloz era o voo, contudo, que, num instante, eles emergiam da nuvem à luz da lua. Aconteceu também de o invisível Perseu quase colidir com uma águia desavisada. Mais impressionantes, porém, eram os meteoros, que de repente cintilavam como se uma fogueira tivesse sido acesa no céu, apagando a luz da lua ao seu redor por uma centena de quilômetros.

Enquanto os dois companheiros voavam, Perseu teve a impressão de ouvir o farfalhar de roupas ao seu lado – o oposto àquele em que estava Azougue –, e, no entanto, apenas Azougue se via.

– Que roupas são essas – perguntou Perseu – que farfalham ao meu lado na brisa?

– Oh, são de minha irmã! – respondeu Azougue. – Ela está vindo com a gente, como disse que aconteceria. Não podemos fazer muita coisa sem a ajuda de minha irmã. Você não tem ideia do quanto ela é sábia. E que olhos ela tem! Ela é capaz de vê-lo agora tão perfeitamente quanto se você não estivesse invisível. E mais: aposto que ela vai ser a primeira a encontrar as górgonas.

A essas alturas, em sua veloz viagem pelo ar, eles já avistavam o panorama do grande oceano e logo passaram a sobrevoá-lo. Bem abaixo deles, as ondas agitavam-se tumultuosamente, ou rolavam numa linha de espuma branca rumo às longas praias, ou explodiam contra os penhascos rochosos, com um ronco tonitruante – embora se reduzissem a um murmurar gentil, como os rumores de um bebê que dormita, antes que alcançassem os ouvidos de Perseu. Só então o herói escutou uma voz próxima. Parecia ser uma voz de mulher. Era melodiosa, embora não exatamente doce, mas séria e equilibrada.

– Perseu – disse a voz –, lá estão as górgonas.

– Onde? – exclamou Perseu. – Não consigo vê-las.

– Na praia daquela ilha abaixo de você – respondeu a voz. – Um seixo de rio que você lançasse daqui cairia no meio delas.

– Não falei que ela seria a primeira a vê-las? – disse Azougue a Perseu. – E ali estão elas!

Uns quinhentos metros abaixo de si, em linha reta, Perseu avistou uma pequena ilha, com o mar quebrando em espuma branca em torno de todas as suas praias rochosas, exceto de um lado, onde havia uma praia de areia branca como neve. Ele desceu em sua direção e, olhando fixamente um ponto luminoso ao pé de um precipício de rochas escuras... ali! Ali estavam as terríveis górgonas! Agrupadas, elas dormiam, acalentadas pelo trovão do mar – pois era preciso um tumulto ensurdecedor para ninar criaturas tão ferozes. A luz da lua reluzia em suas escamas de aço e asas de ouro, que descansavam preguiçosas na areia. Suas garras de bronze, horríveis de se ver, projetavam-se de seus corpos e seguravam fragmentos de rocha batidos pelas ondas, enquanto, em seu sono, as górgonas sonhavam que reduziam algum pobre mortal a pedaços. As serpentes que lhes faziam as vezes de cabelo pareciam igualmente dormir; embora, vez por outra, se mostrassem agitadas, erguessem as cabeças e projetassem suas línguas bifurcadas, para emitir um sibilo sonolento e, então, relaxar e recolher-se entre suas irmãs cobras.

As górgonas assemelhavam-se mais a um tipo medonho e gigante de inseto – um besouro, libélula ou algo do gênero, imenso e de asas douradas – ao mesmo tempo belo e horrível; com a diferença de serem mil ou milhões de vezes maiores. E, apesar de tudo, também havia alguma coisa parcialmente humana nelas. Para a sorte de Perseu, a posição em que se encontravam lhes escondia os rostos – pois, tivesse ele olhado apenas um instante para eles, teria desabado das alturas em que se encontrava com todo o peso de seu corpo, transformado numa imagem morta de pedra.

– Agora – sussurrou Azougue, enquanto flutuava ao lado de Perseu –, agora é a hora de realizar seu feito! Rápido! Se uma das górgonas acordar, será tarde demais!

– Qual delas devo atacar? – perguntou Perseu, empunhando a espada e descendo um pouco. – Elas todas parecem iguais. Todas as três têm cabelos de serpente. Qual delas é Medusa?

É bom que se saiba que Medusa era o único desses monstros cuja cabeça Perseu seria capaz de cortar. Quanto às outras duas, ainda que tivesse a mais afiada espada já forjada, ele poderia passar uma hora inteira trabalhando como um açougueiro que não seria capaz de fazer-lhes o menor mal.

– Seja cuidadoso – disse a voz calma que antes se dirigira a ele. – Uma das górgonas está começando a se agitar em seu sono e está prestes a se virar. É Medusa. Não olhe para ela! Basta uma olhada, e você vira pedra! Olhe para o reflexo do rosto e do corpo dela no espelho brilhante do seu escudo!

Perseu agora entendeu por que Azougue o exortara tão seriamente a polir o escudo. Em sua superfície ele podia fitar sem problemas o reflexo do rosto da górgona. E ali estava ele – aquele terrível rosto –, espelhado no lume do escudo, com a luz da lua tocando-o para exibir seu horror. As cobras, cuja natureza peçonhenta não conhecia descanso, continuavam a se contorcer sobre sua fronte. Era o mais feroz e medonho rosto que já se viu ou imaginou, e, no entanto, tinha uma espécie de beleza estranha, selvagem e assustadora. Os olhos estavam fechados, e a górgona ainda dormia, profundamente; mas havia uma expressão inquieta perturbando-lhe as feições, como se o monstro estivesse incomodado com um sonho ruim. Ela rangia suas presas brancas e cavava a areia com suas garras de bronze.

As cobras, também, pareciam sentir o sonho de Medusa e ficavam ainda mais inquietas com ele. Elas se entrelaçavam num emaranhado de nós, contorcendo-se assustadoramente e erguendo centenas de cabeças sibilantes sem abrir os olhos.

– Agora, agora! – sussurrou Azougue, começando a ficar impaciente. – Golpeie o monstro!

– Tenha calma – disse a séria e melodiosa voz ao lado do jovem. – Olhe para o escudo enquanto descer em seu voo e tome cuidado para não errar o primeiro golpe.

Perseu desceu cuidadosamente, ainda com os olhos fixos no rosto de Medusa, tal como refletido em seu escudo. Quanto mais ele se aproximava, mais terríveis mostravam-se o semblante serpentino e o corpo metálico do monstro. Por fim, quando já flutuava à distância de um braço, Perseu ergueu a espada; no mesmo instante, cada cobra da cabeça da górgona esticou-se ameaçadoramente em sua direção, e Medusa abriu os olhos. No entanto, ela acordou tarde demais. A espada era afiada; o golpe a atingiu com a velocidade de um raio; e a cabeça da maligna Medusa rolou de seu corpo!

– Muito bem! – exclamou Azougue. – Apresse-se, coloque a cabeça em sua aljava mágica.

Para a surpresa do herói, a aljava que levava ao pescoço, pequena e bordada, e que até ali não lhe parecera maior do que uma bolsa, cresceu e ficou grande o bastante para guardar a cabeça de Medusa. Na velocidade do pensamento, ele a ergueu, com as cobras todas se contorcendo, e a lançou para dentro da aljava.

Perseu e as górgonas

– Sua missão foi cumprida – disse a voz calma. – Agora voe, pois as outras górgonas farão de tudo para vingar a morte de Medusa.

Voar era, de fato, preciso; pois o som da espada, o sibilar das serpentes e a queda da cabeça de Medusa, ao rolar pela areia lavada de mar, foram o bastante para acordar os outros dois monstros. Ali estavam elas, por um instante, esfregando sonolentas os olhos com os dedos de bronze, enquanto todas as cobras de suas cabeças eriçavam-se com surpresa e com malícia venenosa contra não sabiam o quê. Mas quando as górgonas viram a carcaça escamosa de Medusa sem cabeça e suas asas douradas desmazeladas, estiradas na areia, produziram gritos e guinchos realmente difíceis de se ouvir – sem falar nas cobras, com seu sibilo de mil sibilos, ao qual, da aljava mágica, responderam as cobras de Medusa.

Num instante, as górgonas ergueram-se totalmente despertas e lançaram-se de pronto ao ar, brandindo seus punhos de bronze, rangendo suas presas medonhas e batendo violentamente suas enormes asas, a ponto de algumas de suas penas de ouro se desprenderem e flutuarem até a praia. Ali, talvez, aquelas penas estejam até hoje abandonadas. Tivesse Perseu as olhado no rosto, ou tivesse ele caído em suas garras, sua pobre mãe jamais beijaria seu menino novamente! Mas o herói tomou bastante cuidado para voltar os olhos a outra direção; galeado, como estava, do elmo da invisibilidade, as górgonas não sabiam em que direção segui-lo; e tampouco deixou Perseu de fazer bom uso de suas sandálias aladas, ao voar para o alto, perpendicularmente, por quase um quilômetro. Daquela altura, quando os gritos das abomináveis criaturas já soavam vagos abaixo de si, ele seguiu sem parar rumo à ilha de Serifo, para levar a cabeça de Medusa ao rei Polidectes.

Não tenho tempo de lhes contar as muitas coisas maravilhosas que sucederam a Perseu em seu caminho para casa, como ter derrotado um horrível monstro marinho que estava a ponto de devorar uma linda donzela; ou ter transformado um enorme gigante numa montanha de pedra ao mostrar-lhe a cabeça da górgona. Se duvidarem desta última história, vocês podem fazer uma viagem à África, um dia desses, e ver a montanha, que é ainda hoje conhecida pelo nome do gigante.

Finalmente, nosso bravo Perseu chegou à ilha, onde esperava encontrar sua mãe querida. Mas, durante sua ausência, o malvado rei tratara Dânae tão mal que ela fora forçada a fugir e refugiar-se num templo, onde alguns bons sacerdotes foram muito gentis com ela. Esses louváveis sacerdotes, e o pescador de bom coração, que demonstrara hospitalidade para com Dânae e o pequeno Perseu quando estes foram encontrados flutuando no baú, parecem ter sido as únicas pessoas na ilha que se preocupavam em fazer o bem. Todas as outras, assim como o próprio rei Polidectes, eram tão especialmente más que não mereciam melhor destino do que o que as aguardava.

Sem encontrar a mãe em casa, Perseu seguiu para o palácio e foi imediatamente conduzido à presença do rei. Polidectes não estava de forma alguma feliz em vê-lo; pois tinha certeza, em sua mente maligna, de que as górgonas reduziriam o pobre jovem a pedaços e o devorariam, tirando-o do caminho. Contudo, ao vê-lo retornar a salvo, ele fingiu a melhor cara que pôde diante do acontecimento e perguntou a Perseu como ele conseguira.

– Você levou a cabo o que prometeu? – perguntou. – Você me trouxe a cabeça de Medusa com os cabelos de serpente? Se não a trouxe, jovem, isto vai lhe custar caro; pois eu preciso de um presente de noivado para a bela princesa Hipodâmia, e não há nada que ela queira tanto.

– Trouxe, segundo a vontade de Sua Majestade – respondeu Perseu, tranquilo, como se não fosse um feito maravilhoso para um jovem como ele. – Aqui está a cabeça da górgona, com cabelos de serpente e tudo!

– Ora, deixe me vê-la, por favor – respondeu o rei Polidectes. – Deve ser algo maravilhoso de se ver, se tudo que os viajantes dizem é verdade!

– Sua Majestade está em seu direito – disse Perseu. – É realmente um objeto que vai atrair e prender a atenção de todos que olharem para ele. E, se Sua Majestade julgar adequado, eu sugeriria que um feriado fosse proclamado e todos os súditos de Sua Majestade fossem reunidos para admirar essa maravilhosa curiosidade. Poucos deles, penso eu, viram uma cabeça de górgona antes, e talvez nunca mais vejam outra!

O rei bem sabia que todos os seus súditos eram um grupo preguiçoso de pessoas sem princípios às quais muito agradavam espetáculos – aliás, como sói às pessoas preguiçosas. Assim, ele aceitou o conselho do jovem e enviou seus arautos e mensageiros em todas as direções para que soprassem o trompete nas esquinas das ruas e nos mercados e cruzamentos de estradas e convocassem todos à corte. A ela acorreu, então, uma enorme multidão de vagabundos capazes tão somente de comer e dormir; tão somente pelo puro amor à maldade, todos teriam ficado felizes se Perseu tivesse se deparado com algum revés em seu encontro com as górgonas. Se havia qualquer pessoa boa na ilha (como eu sinceramente espero que tenha existido, embora a história não fale de uma sequer), ela ficou quietinha em casa, cuidando da vida e tomando conta de suas criancinhas. De qualquer forma, os habitantes, em sua ampla maioria, acorreram tão rápido quanto puderam ao palácio e trombaram e se empurraram e acotovelaram uns aos outros, ansiosos por se aproximar da sacada na qual estava Perseu, segurando a aljava bordada na mão.

Numa plataforma, com vista total para a sacada, via-se o poderoso rei Polidectes, cercado de seus malignos conselheiros e com sua corte adulando-o em semicírculo ao redor. Monarca, conselheiros, cortesãos e súditos, todos olhavam sôfregos na direção de Perseu.

– Mostre-nos a cabeça! Mostre-nos a cabeça! – gritava o povo; e havia ferocidade em seus gritos, como se eles fossem fazer Perseu em pedaços, a menos que este os satisfizesse com o que tinha a mostrar-lhes.
– Mostre-nos a cabeça de Medusa com os cabelos de serpente!

Um sentimento de piedade e dor acometeu o jovem Perseu.

– Ó rei Polidectes – ele exclamou –, ó povo, não tenho vontade de mostrar-lhes a cabeça da górgona!

– Ah, vilão e covarde! – vociferou o povo, ainda mais violentamente do que antes. – Ele está nos fazendo de bobos! Ele não tem a cabeça

Perseu mostra a cabeça da górgona

da górgona! Mostre-nos a cabeça, se a tem, ou vamos usar a sua para jogar bola!

Os maus conselheiros sussurraram maus conselhos no ouvido do rei; os cortesãos murmuraram sua concordância em que Perseu demonstrara desrespeito a seu senhor e rei; e o grande rei Polidectes acenou com a mão e ordenou-lhe, com a voz profunda e dura da autoridade, que mostrasse a cabeça ou sofresse as consequências.

– Mostre-me a cabeça da górgona, ou eu cortarei a sua!

E Perseu suspirou.

– Agora – repetiu Polidectes –, ou você morre!

– Então, atenção! – conclamou Perseu, numa voz que mais parecia o soprar de um trompete.

E, de repente, erguendo a cabeça, nenhuma pálpebra teve tempo de piscar antes que o vil rei Polidectes, seus maus conselheiros e todos os violentos súditos se tornassem mais do que a imagem de um monarca e seu povo. Todos estavam petrificados, para sempre, na aparência e postura daquele momento! Ao primeiro vislumbrar da terrível cabeça de Medusa, todos transformaram-se em mármore! E Perseu pôs a cabeça na aljava e saiu para contar a sua mãe que ela não precisava mais temer as maldades do rei Polidectes.

Varanda de Tanglewood

Depois da história

– NÃO FOI UMA bela história? – perguntou Eustace.

– Ah, sim, sim! – exclamou Prímula, batendo palmas. – E aquelas velhas engraçadas, com um olho só! Nunca tinha visto uma coisa tão estranha.

– Quanto ao dente que elas tinham e que ficavam trocando – comentou Primavera –, não vi nada de muito maravilhoso nisso. Acho que era um dente falso. E esse seu truque de transformar Hermes em Azougue e de fazê-lo falar sobre a irmã? Que coisa ridícula!

– E não era a irmã dele? – perguntou Eustace Bright. – Se eu tivesse pensado na história antes, a teria descrito como uma donzela que tinha uma coruja de estimação!

– Bom, de qualquer forma – disse Primavera –, sua história parece ter desfeito a neblina.

E, de fato, enquanto o conto seguia, os vapores tinham se dissipado na paisagem. Desvelava-se um cenário que os espectadores poderiam quase imaginar novíssimo, como criado entre aquele instante e o momento em que tinham olhado pela última vez em sua direção. Mais ou menos a quinhentos metros de distância, no fundo do vale, surgia um belo lago, que refletia uma imagem perfeita de suas próprias margens madeiradas e dos picos de montes mais distantes. Ele brilhava em vítrea tranquilidade, sem um traço de brisa alada em qualquer ponto de sua superfície. Além de suas margens mais distantes estava o monte Monumento, em posição de descanso, inclinado, esticando-se por quase todo o vale. Eustace Bright comparava-o a uma enorme esfinge sem cabeça envolta num xale persa; e, de fato, tão rica e diversificada era a folhagem outonal de seus bosques que o símile do xale não era de modo algum colorido demais para a realidade. Na parte mais baixa, entre Tanglewood e o lago, o denso arvoredo e as bordas dos bosques mostravam sobretudo um tom dourado ou marrom-escuro, como se tivessem sofrido mais com o frio do que a folhagem das encostas dos montes.

Sobre o cenário havia uma luz do sol aprazível, misturada a uma leve neblina que a tornava indescritivelmente suave e confortável. Oh, que dia de veranico os esperava! As crianças tomaram de suas cestas e saíram em disparada, entre pinotes, pulinhos, corridas e todo tipo de cabriolas e piruetas; enquanto primo Eustace colocava sua boa forma à prova ao encabeçar o grupo, superando todas as brincadeiras dos pequenos e inventando muitas outras novas, que nenhum deles jamais teria a esperança de imitar. Atrás do grupo vinha um bom e velho cão de nome Ben. Ele era um respeitável e bondoso quadrúpede, como poucos, e provavelmente sentia ser seu dever não confiar as crianças longe de seus pais a um guardião como aquele Eustace Bright, com sua cabeça de vento.

O Toque Dourado

Riacho das Sombras

Introdução a "O Toque Dourado"

Ao meio-dia, nosso grupo juvenil reuniu-se num pequeno vale, através de cujas profundezas corria um pequeno córrego. O vale era estreito, e suas colinas íngremes, a partir da margem do córrego acima, eram densamente povoadas de árvores, em sua maioria castanheiras e nogueiras, entre as quais cresciam uns poucos carvalhos e plátanos. No verão, a sombra de tantos galhos, em seu encontro e entrelaçamento através do regato, era densa o bastante para formar um crepúsculo sob o sol a pino. Daí seu nome: Riacho das Sombras. Mas então, desde que o outono tocara aquele lugar recluso, todo o escuro verdor fizera-se dourado, de maneira que, em vez de escurecer, ele iluminava o vale. Em seu amarelo brilhante, as folhas – mesmo em dia nublado – pareciam conservar a luz do sol entre si; e havia delas o bastante, caídas pelo leito e pela margem do riacho, para iluminá-lo desde o chão. Assim, o recesso umbroso, onde o verão se refrescava, era agora o mais ensolarado lugar a ser visitado.

O pequeno riacho corria em seu caminho dourado, ora interrompendo o curso para formar um pequeno lago, no qual barrigudinhos disparavam de um lado para outro; ora apressando-se à frente ainda mais veloz, como se quisesse chegar ao lago rapidamente; ou ainda, esquecendo-se de ver por onde ia, rolava sobre a raiz de alguma árvore, estendida de través na corrente. O caro leitor sentiria armar-se um sorriso no rosto ao ouvir quão barulhento ele murmurejava próximo a esse obstáculo. E mesmo depois de seguir além, o riacho ainda continuava a conversar consigo mesmo, como se percorresse um labirinto. Suponho que estivesse maravilhado ao encontrar o vale escuro tão iluminado e escutar a alegria e a tagarelice de tantas crianças. Assim, ele corria tão rápido quanto podia e se escondia na lagoa.

No vale do Riacho das Sombras, Eustace Bright e seus amiguinhos tinham comido seu almoço. Eles tinham levado muitas coisas gostosas de Tanglewood em suas cestas e as tinham espalhado nos tocos das árvores e nos troncos musgosos, e comido alegremente. Foi, de fato, um maravilhoso almoço. Depois de terminado, todos estavam bastante tranquilos.

– Vamos descansar aqui – disseram várias crianças –, enquanto primo Eustace nos conta uma de suas belas histórias.

Primo Eustace tinha todo o direito de estar cansado, assim como as crianças, pois realizara grandes proezas naquela manhã memorável. Dente-de-leão, Trevo, Prímula e Botão-de-ouro tinham quase certeza de que ele vestia sandálias aladas como as que as ninfas haviam dado a Perseu, tantas tinham sido as vezes em que o estudante se mostrara, num piscar de olhos, no ponto mais alto das árvores. E então, que chuvas de nozes ele fazia cair sobre suas cabeças, estrepitosas como guizos, para que suas mãozinhas ocupadíssimas as reunissem nas cestas! Em suma, ele fora tão ágil quanto um esquilo ou macaco, e agora, atirando-se nas folhas amarelas, parecia inclinado a um pouco de descanso.

Mas as crianças não têm misericórdia nem consideração pelo cansaço de ninguém; e se você tem um fiapo de fôlego que seja, pode ser que elas peçam para gastá-lo contando-lhes uma história.

– Primo Eustace – disse Prímula –, aquela história da cabeça da górgona foi muito boa. Você podia nos contar mais uma boa daquele jeito?

– Claro – disse Eustace, puxando a aba de sua boina sobre os olhos, como quem se preparasse para um cochilo. – Posso contar uma dezena delas, tão boas quanto ou ainda melhores, se eu quiser.

– Ei, Primavera e Pervinca, vocês escutaram o que ele disse? – perguntou Prímula, dançando de alegria. – Primo Eustace vai nos contar um monte de histórias melhores do que a da cabeça da górgona!

– Eu não lhe prometi nem mesmo uma, sua Prímula bobinha! – disse Eustace, um pouco rabugento. – Mesmo assim, acho que você merece ganhar essa história. É nisso que dá ter granjeado uma reputação! Antes eu fosse menos inteligente do que sou, ou jamais tivesse exibido metade do brilhantismo de que sou dotado; nesse caso, poderia tirar minha soneca em paz e conforto!

Mas primo Eustace, como creio ter sugerido antes, gostava tanto de contar suas histórias quanto as crianças gostavam de escutá-las. Sua mente estava num estado livre e feliz, deliciava-se com sua própria atividade e nem sequer precisava de qualquer impulso externo para começar a trabalhar.

Quão diferente esse jogo espontâneo do intelecto é da cultivada diligência dos anos da maturidade, quando o hábito talvez tenha feito a tarefa mais simples e a atividade do dia tenha se tornado fundamental para o conforto do dia, embora todo o resto da questão tenha se esvaído! Este comentário, porém, não se dirige às crianças.

Sem que houvesse outra solicitação, Eustace Bright começou a contar uma história realmente esplêndida. Ela lhe veio à mente enquanto ele olhava para o alto, para dentro das copas das árvores, e via como o toque do outono transmutara todas as suas folhas verdes no que lembrava o mais puro ouro. Essa transformação, que todos testemunhamos, é tão maravilhosa quanto tudo que Eustace contou sobre a história de Midas.

O Toque Dourado

Era uma vez um homem muito rico – além disso, rei – chamado Midas; e ele tinha uma filhinha, da qual ninguém ouviu falar, só eu, mas cujo nome eu nunca soube ou então esqueci totalmente. Por isso – e porque adoro nomes estranhos para menininhas – escolhi chamá-la Petúnia.

Esse rei Midas gostava de ouro mais do que tudo no mundo. Estimava muitíssimo sua coroa real, sobretudo porque era feita do metal precioso. Se tinha uma coisa de que ele gostava mais – ou ao menos a metade –, era a sua pequena donzela, que brincava muito alegre em torno da banqueta em que seu pai descansava os pés. Mas quanto mais Midas amava a filha, mais ansiava por riqueza. Ele pensava – que homem burro! – que a melhor coisa que podia fazer por essa querida criança era torná-la herdeira da maior pilha de moedas amarelas e brilhantes que jamais se empilhara no mundo desde que este fora criado. Assim, dedicou todos os seus pensamentos e tempo a tal propósito. Sempre que ele por acaso olhava, ainda que por um instante, as nuvens tingidas de ouro ao pôr do sol, desejava que elas fossem de ouro de verdade e que ele pudesse apertá-las e guardá-las em seu cofre. Quando a pequena Petúnia corria para encontrá-lo, com um ramo de botões-de-ouro ou dentes-de-leão, ele costumava dizer: "Ai, ai, filha! Se essas flores fossem tão douradas quanto parecem, valeria a pena colhê-las!"

No entanto, em seus dias de juventude, antes de ser tão inteiramente possuído desse insano desejo de riqueza, o rei Midas conheceu grande gosto por flores. Ele havia plantado um jardim, no qual cresciam as maiores e mais belas e perfumadas rosas de que jamais se tivera notícia. Essas rosas ainda cresciam em seu jardim, tão grandes e belas e perfumadas como quando Midas costumava passar horas a admirá-las e a inalar seu perfume. Mas agora, se ele as olhava, era apenas para calcular o quanto o jardim seria valioso se cada uma das inumeráveis pétalas de rosa fosse uma fina folha de ouro. E ainda que outrora ele tenha sido um admirador de música (a despeito de uma história boba sobre suas orelhas, que diziam assemelhar-se às de um burro), a única melodia que então interessava ao pobre Midas era a do tilintar de uma moeda contra outra.

Por fim, como as pessoas sempre ficam cada vez mais bobas à medida que crescem, a menos que cuidem para ficar cada vez mais sábias, Midas enlouquecera a tal ponto que não suportava mais ver ou tocar qualquer objeto que não fosse de ouro. Assim, transformou em costume passar boa parte do dia num espaço escuro, soturno e subterrâneo, no subsolo de seu palácio. Era ali que ele guardava sua riqueza. A esse buraco medonho – pois era só um pouquinho melhor que um calabouço – Midas se recolhia sempre que queria ficar particularmente feliz. Ali, depois de trancar a porta com cuidado, ele pegava uma sacola de moedas de ouro ou um copo de ouro tão grande quanto uma bacia de banho ou uma barra pesada de ouro ou um celamim de pó de ouro e os levava consigo dos cantos escuros do espaço para o único, brilhante e estreito raio de sol que atravessava a janela daquele quase calabouço. Ele estimava o raio de sol por uma única razão – seu tesouro não brilhava sem sua ajuda. E então ele contava as moedas na sacola; lançava ao alto a barra para pegá-la na descida; joeirava o pó de ouro entre os dedos; buscava a própria imagem distorcida de seu rosto refletida na circunferência reluzente do copo; e sussurrava para si mesmo: "Ó Midas, rico rei Midas, que homem feliz és tu!" Era engraçado ver como a imagem de seu rosto continuava a rir-se dele a partir da superfície polida do copo. Ela parecia ciente de seu comportamento estúpido – para não dizer que tinha uma perversa tendência a fazer troça dele.

Midas considerava-se um homem feliz, mas sentia que não era tão feliz quanto podia ser. O próprio ápice da felicidade jamais seria alcançado, a não ser que o mundo inteiro se transformasse em sua sala do tesouro, repleto do metal amarelo que seria todo seu.

Agora, não preciso refrescar a memória de pessoinhas tão sábias quanto vocês e dizer que há muito, muito tempo, quando o rei Midas estava vivo, aconteciam várias coisas que consideraríamos maravilhosas caso acontecessem em nossos dias e em nosso país. Por outro lado, muitas coisas acontecem hoje em dia que não parecem maravilhosas apenas para nós, mas teriam espantado muitíssimo as pessoas de antigamente. De modo geral, comparando um ao outro, acho que nossos tempos são mais estranhos. Mas isso não vem ao caso. Vou continuar minha história.

Certo dia, Midas desfrutava de sua sala do tesouro, como sempre, quando percebeu uma sombra cair sobre as pilhas de ouro; e, ao olhar subitamente para cima, o que foi que ele viu, se não a figura de um estranho, na frente de um exíguo e brilhante raio de sol! Era um jovem, com um rosto alegre e avermelhado. Se era a imaginação do rei Midas que lançava uma cor amarela sobre tudo, ou sabe-se lá o quê, ele não conseguia deixar de imaginar que o sorriso com que o estranho o olhava tinha uma espécie de dourado radiante. Decerto, embora sua figura interceptasse o sol, havia agora um brilho ainda mais brilhante sobre todos os tesouros empilhados, maior do que antes. Mesmo os mais remotos cantos recebiam parte desse brilho e mostravam-se acesos quando o estranho sorria, como se guardassem faíscas e pontas de fogo.

Uma vez que Midas sabia que trancara a porta cuidadosamente à chave e nenhuma força mortal tinha condições de invadir sua sala do tesouro, ele, é claro, concluiu que seu visitante poderia ser mais do que um mortal. Não importa dizer a vocês quem ele era. Naqueles tempos, quando, em termos comparativos, a terra era uma coisa toda nova, imaginava-se que ela muitas vezes abrigasse seres

O estranho aparece para Midas

dotados de poderes sobrenaturais e que costumavam participar das alegrias e dores de homens, mulheres e crianças, meio alegre, meio seriamente. Midas tinha encontrado tais seres antes e não lamentava encontrar um deles ali novamente. O aspecto do estranho, de fato, era tão bem-humorado e gentil, se não benéfico, que teria sido pouco razoável suspeitar que tivesse a intenção de realizar qualquer malfeito. Era mais provável que ali se apresentasse para fazer um favor a Midas. E que favor poderia ser esse, se não multiplicar seus montes de tesouro?

O estranho observou toda a sala; e quando seu sorriso brilhante já brilhara sobre todos os objetos de ouro que ali estavam, ele voltou-se mais uma vez para Midas.

– Você é um homem rico, meu amigo Midas! – observou. – Duvido que exista quaisquer quatro paredes neste mundo que contenham tanto ouro quanto você conseguiu reunir nesta sala.

– Tenho ido muito bem... muito bem – respondeu Midas, um tanto descontente. – Mas, no fim das contas, tudo isso é quase nada, se levarmos em consideração que gastei toda a minha vida para reuni-lo. Se alguém pudesse viver mil anos, aí sim teria tempo de ficar rico!

– O quê? – exclamou o estranho. – Então você não está satisfeito?

Midas balançou a cabeça.

– Mas, por favor, o que o satisfaria? – perguntou o estranho. – Eu ficaria feliz de saber, só por curiosidade.

Midas parou e refletiu. Pressentia que esse estranho, com um brilho tão dourado no sorriso bem-humorado, tinha ido até lá com poder e propósito de realizar todos os seus desejos. Aquele, portanto, era um abençoado momento, em que ele tinha apenas de falar. Assim, ele pensou e pensou e pensou e, com sua imaginação, reuniu uma montanha de ouro sobre a outra sem ser capaz de imaginá-la grande o bastante. Por fim, uma ideia brilhante ocorreu ao rei Midas. Ela parecia realmente tão brilhante quanto o metal reluzente que ele tanto amava.

Erguendo a cabeça, ele olhou para o estranho luzidio.

– Bem, Midas – comentou o visitante –, vejo que por fim você chegou a algo que vai satisfazê-lo. Diga-me seu desejo.

– É apenas isso – respondeu Midas. – Estou cansado de reunir meus tesouros com tanto trabalho e olhar para uma pilha tão diminuta, depois de ter feito meu melhor. Quero que tudo que eu toque se transforme em ouro!

O sorriso do estranho ficou enorme, tão grande que pareceu encher a sala como uma explosão de sol num pequeno vale penumbroso, onde as folhas amarelas do outono – pois assim pareciam as partículas e peças de ouro – jazessem espalhadas sob o brilho da luz.

– O Toque Dourado! – ele exclamou. – Você realmente merece crédito, amigo Midas, por ter tido uma ideia tão brilhante. Mas tem certeza de que isso vai satisfazê-lo?

– Como poderia dar errado? – disse Midas.

– E você jamais vai lamentar possuí-lo?

– O que poderia me levar a tanto? – retrucou Midas. – Eu não peço outra coisa para ser perfeitamente feliz.

– Que assim seja, então – respondeu o estranho, acenando com a mão em sinal de adeus. – Amanhã, ao nascer do sol, você se verá agraciado com o Toque Dourado.

A figura do estranho então se fez muito brilhante, e Midas involuntariamente fechou os olhos. Ao abri-los, viu apenas um raio de sol amarelo na sala e, ao redor de si, o brilho do metal precioso que passara a vida toda acumulando.

Se Midas dormiu como sempre naquela noite, a história não diz. Dormindo ou acordado, contudo, sua cabeça não diferia naquele momento da de uma criança a quem um brinquedo novo tivesse sido prometido para a manhã seguinte. De qualquer forma, o dia mal se vislumbrara no contorno dos montes quando o rei Midas pôs-se completamente acordado e, esticando os braços desde a cama, começou a tocar os objetos a seu alcance. Ele estava ansioso para provar se tinha mesmo o Toque Dourado, segundo a promessa do estranho. Encostou o dedo, então, numa cadeira ao lado da cama e em várias outras coisas, porém ficou muito triste ao ver que elas continuavam feitas precisamente da mesma matéria de sempre. Na verdade, ele ficou muito receoso de que apenas tivesse sonhado com o brilhante desconhecido, ou de que o estranho apenas o tivesse feito de bobo. E que coisa terrível seria se, depois de tanta esperança, Midas tivesse de se contentar com aquele pouco de ouro que conseguira reunir por meios simples, em vez de criá-lo com um toque!

Durante todo esse tempo, o dia mal raiara – havia apenas uma linha de luz no horizonte, onde Midas não era capaz de vê-la. Ele deitou-se desconsolado, lamentando a frustração de suas esperanças e ficando cada vez mais triste, até que o primeiro raio de sol brilhou através da janela e acendeu o teto sobre sua cabeça. Pareceu a Midas que esse raio de sol brilhante e amarelo refletia de modo peculiar na coberta branca da cama. Observando-a mais atentamente, para sua estupefação e felicidade, ele percebeu que o tecido de algodão se transformara no que parecia ser uma estrutura entrelaçada no mais puro e brilhante ouro! O Toque Dourado manifestara-se com o raiar do dia!

Midas levantou-se num alegre arrebatamento e correu pelo quarto, tocando em tudo que estivesse em seu caminho. Tocou um dos balaústres da cama, e ele imediatamente se tornou um pilar dourado corrugado. Puxou uma cortina, para obter um espetáculo mais claro das maravilhas que estava produzindo; e a borla ficou pesada em sua mão – uma massa de ouro. Tomou um livro da mesa. Ao primeiro toque, ele assumiu a aparência de um volume esplendidamente encadernado, com bordas douradas, como muitas vezes encontramos hoje em dia; mas, ao passar os dedos pelas folhas – olhem só! –, elas se tornaram um feixe de finas folhas de ouro, nas quais toda a sabedoria do livro tornara-se ilegível. Ele apressou-se a colocar suas roupas, e maravilhou-se ao ver que vestia um magnífico traje de tecido de ouro, que mantinha sua flexibilidade e suavidade, embora seu peso o incomodasse um pouco. Ele puxou um lenço, que a pequena Petúnia embainhara para ele. Era igualmente de ouro, assim como os belos e precisos pontos dados pela adorável criança ao longo da borda.

De alguma forma, essa última transformação não o agradou inteiramente. Ele preferia que o bordado de sua filhinha tivesse permanecido o mesmo do momento em que ela subiu em seu joelho e o colocou em suas mãos.

Mas não valia a pena irritar-se com uma ninharia. Midas tirou os óculos do bolso e os levou ao nariz, para que melhor visse o que fazia. Naquele tempo, ainda não se tinham inventado óculos para pessoas comuns, mas eles já eram usados por reis – de outro modo, como Midas poderia tê-los? Para sua grande perplexidade, contudo, por melhores que fossem seus óculos, Midas descobriu que já não se podia ver através deles. Mas isso era a coisa mais natural do mundo – pois, ao sacá-los, os cristais transparentes haviam se tornado placas de metal amarelo e, é claro, sem valor algum como óculos, embora valiosos como ouro. Isso mostrou-se para Midas um inconveniente: com toda a sua riqueza, ele nunca mais seria rico o bastante para ter um par de óculos úteis.

– De qualquer forma, não é grande coisa – disse ele para si mesmo, muito filosoficamente. – Não podemos esperar grande bem sem que este venha acompanhado de algum pequeno inconveniente. O Toque Dourado vale o sacrifício de um par de óculos, para não dizer da própria visão. Meus olhos servirão para o mínimo, e a pequena Petúnia logo ficará crescida o bastante para ler para mim.

O sábio rei Midas estava tão enlouquecido com sua sorte que o palácio não parecia suficientemente grande para contê-lo. Assim, ele desceu as escadas e sorriu, ao observar que o corrimão tornava-se uma barra de ouro reluzente à medida que sua mão passava por ele, ao descer. Ergueu a tranca da porta (que era de latão um segundo antes e tornara-se dourada quando seus dedos a largaram) e foi ao jardim. Ali, encontrou um grande número de belas rosas em flor e outras em todos os estágios, do belo broto à flor. Muito deliciosa era a fragrância que delas emanava na brisa da manhã. Seu vermelho delicado era uma das mais lindas visões no mundo, tão gentis, simples e cheias de doce tranquilidade pareciam essas rosas.

Mas, segundo seu modo de pensar, Midas conhecia um jeito de torná-las ainda mais preciosas do que elas jamais haviam sido antes. Assim, ele se deu o trabalho de ir de arbusto em arbusto para exercer seu toque mágico de forma incansável até que cada flor e botão, e mesmo as larvas no coração de algumas delas, se transmutasse em ouro. Ao tempo em que esse bom trabalho se completara, foi chamado ao desjejum; e como o ar da manhã lhe acentuara o apetite, apressou-se de volta ao palácio.

O que costumava ser um desjejum real nos dias de Midas eu realmente não sei precisar, nem posso parar agora para investigar. Segundo creio, contudo, nessa manhã em especial o desjejum consistia, para o rei Midas, em bolos quentes, uma deliciosa truta do regato, batatas assadas, ovos frescos cozidos e café; para sua filha, Petúnia, havia uma tigela de pão e leite. De qualquer forma, esse é um café da manhã digno de rei; e, quer tenha sido assim ou não, ele não poderia ter tido outro melhor.

A pequena Petúnia ainda não fizera sua aparição. Seu pai ordenou que ela fosse chamada e, sentando-se à mesa, esperou a chegada da criança para começar o desjejum. Para que se faça justiça a Midas, ele realmente amava a filha, e a amava ainda mais nessa manhã, devido à boa sorte que o acometera. Não demorou para que a escutasse caminhando pelo corredor, chorando bastante. A situação o surpreendeu, pois Petúnia era uma das criancinhas mais alegres que se poderia encontrar num dia de verão, e mal derramava um dedal de lágrimas num ano inteiro. Quando Midas a escutou soluçar, decidiu animar a pequena Petúnia com uma agradável surpresa; assim, esticando-se sobre a mesa, tocou a tigela da filha (que era de porcelana, com belíssimas figuras ao redor) e a transformou em ouro reluzente.

Enquanto isso, Petúnia abriu a porta lenta e desconsoladamente e mostrou-se com o avental nos olhos, ainda soluçando como se seu coração fosse se partir.

– O que foi, minha linda menina!? – exclamou Midas. – O que se passou com você nesta bela manhã?

Petúnia, sem tirar o avental dos olhos, ergueu a mão, na qual estava uma das rosas que Midas recentemente transformara.

– Linda! – exclamou o pai. – E o que há nessa magnífica rosa de ouro que a faz chorar?

– Ah, querido pai! – respondeu a criança, tanto quanto lhe permitiram os soluços. – Não é linda. É, sim, a flor mais horrível que já cresceu! Assim que me vesti, corri ao jardim para colher algumas rosas para você, porque sei que o senhor gosta delas, e ainda mais quando colhidas por sua filhinha. Mas, ai! O que o senhor acha que aconteceu? Uma desgraça! Todas as lindas rosas, que cheiravam tão bem e eram tão vermelhas, perderam-se! Ficaram todas amarelas, como o senhor vê, e já não têm perfume nenhum! O que pode ter acontecido com elas?

– Ora, minha linda garotinha, não chore por isso, por favor! – disse Midas, que estava envergonhado de dizer que ele próprio produzira a mudança que tão enormemente a afligia. – Sente-se e coma seu pão com leite! Você vai ver que fácil é trocar uma rosa de ouro como aquela (que durará centenas de anos) por uma simples que murchará em um dia.

– Não quero saber de rosas como esta! – exclamou Petúnia, jogando-a longe com desprezo. – Ela não tem perfume, e as pétalas duras cutucam meu nariz!

A criança estava, então, sentada à mesa, mas tão envolvida com a própria dor pelas rosas perdidas que nem sequer notou a incrível transformação de sua tigela de porcelana. Talvez fosse melhor assim; pois Petúnia estava habituada a divertir-se observando as curiosas figuras e as estranhas árvores e casas pintadas na circunferência da tigela, e esses ornamentos estavam agora totalmente perdidos no matiz amarelo do metal.

Midas, enquanto isso, enchera um copo de café – e, obviamente, o bule de café, a despeito do metal de que era feito quando ele o pegou, reluzia em ouro no caminho de volta à mesa. Ele concluiu consigo que era um modo no mínimo extravagante de esplendor, para um rei de hábitos simples, tomar o café da manhã num serviço de ouro, e começou a pensar nas dificuldades de conservar seu tesouro a salvo. O armário e a cozinha já não eram lugares seguros para depositar artigos tão valiosos quanto tigelas e bules de café de ouro.

Em meio a esses pensamentos, ele levou uma colher de café aos lábios e, provando-a, surpreendeu-se ao perceber que, no momento em que seus lábios tocaram o líquido, este transformou-se em ouro fundido e, no momento seguinte, endureceu num pedaço de metal!

– Ah! – exclamou Midas, horrorizado.

– Qual é o problema, pai? – perguntou a pequena Petúnia, olhando fixamente para ele, enquanto as lágrimas ainda marejavam seus olhos.

– Nada, filha, nada! – disse Midas. – Tome seu leite, antes que esfrie.

Ele pegou uma das belas e pequenas trutas de seu prato e, a título de experimento, tocou sua cauda com o dedo. Para seu horror, esta imediatamente se transmutou de uma truta de regato admiravelmente frita num peixinho dourado, embora não um daqueles que as pessoas mantêm em globos de vidro, como ornamento para a sala de estar. Não, era realmente um peixe metálico, como se tivesse sido feito com muito esmero pelo melhor ourives do mundo. Suas pequenas espinhas eram agora fios de ouro; suas barbatanas e cauda eram pequenas folhas de ouro, e havia marcas de garfo nele e toda a delicada e trivial aparência de um belo peixe frito, imitada com precisão pelo metal. Uma bela obra, como se pode imaginar; o único problema era que, naquele instante, o rei Midas teria preferido uma truta de verdade em seu prato a essa elaborada e valiosíssima imitação de uma.

"Não tenho ideia", pensou consigo mesmo, "de como vou tomar o café da manhã!"

Ele pegou um dos bolinhos quentes fumegantes e mal o partira quando, para seu cruel desespero, embora um momento antes ele tivesse a cor do mais alvo trigo, o bolinho assumiu o matiz amarelado de uma refeição indígena. Para dizer a verdade, se tivesse de fato sido um bolinho indígena, Midas o teria apreciado muito mais do que então, quando sua solidez e ganho de peso o levaram a concluir que se tornara ouro.

Quase em desespero, ele serviu-se de um ovo cozido – e este imediatamente sofreu transformação similar à da truta e do bolo. O ovo, na verdade, poderia ter sido confundido com um daqueles que a famosa galinha, no livro de histórias, tinha o hábito de botar. Mas o rei Midas era a única galinha que tinha algo a ver com o assunto.

"Ora, mas isso é loucura!", pensou ele, recostando-se na cadeira e olhando com certa inveja para a pequena Petúnia, que agora comia seu pão e leite com grande satisfação. "Um café da manhã tão rico diante de mim, e não posso comê-lo!"

Esperando que, por força da rapidez, pudesse evitar o que agora sentia ser uma considerável inconveniência, o rei Midas tomou de uma batata quente e tentou enfiá-la na boca e engoli-la rapidamente. Mas o Toque Dourado era veloz demais. Ele viu sua boca cheia não da deliciosa batata, mas de um sólido metal, que lhe queimou tanto a língua que ele gritou e, deixando a mesa de um salto, pôs-se a dançar e caminhar pesadamente pela sala, a um só tempo com dor e medo.

– Pai, meu querido pai! – exclamou Petúnia, que era uma criança muito carinhosa. – O que está acontecendo? O senhor queimou a língua?

– Ah, minha filha querida – grunhiu Midas, com dor. – Não sei o que vai ser de seu pobre pai!

E, de fato, meus queridos pequenos, vocês já ouviram falar de um caso tão lamentável em suas vidas? Ali estava literalmente o mais rico café da manhã que se poderia colocar diante de um rei, mas sua própria riqueza o tornava absolutamente inútil. O mais pobre trabalhador, sentando-se com sua casca de pão e um copo de água, estava melhor do que o rei Midas, cuja comida delicada literalmente valia seu peso em ouro. E o que se podia fazer? Já no café da manhã, Midas estava faminto. Estaria com menos fome à hora do almoço? E quão terrível estaria seu apetite no jantar, que sem dúvida consistiria do mesmo tipo de pratos indigestos como os que estavam diante de si! Quantos dias vocês acham que ele sobreviveria a esses ricos pratos?

Essas reflexões incomodaram o sábio rei Midas, que começou a duvidar se, afinal de contas, a riqueza era a única coisa desejável no mundo ou mesmo a mais desejável. Mas esse foi apenas um pensamento passageiro. Tão fascinado estava Midas pelo brilho do metal amarelo que ainda se recusaria a desistir do Toque Dourado por uma consideração tão trivial quanto um café da manhã. Imagine que preço para uma refeição! Teria sido o mesmo que pagar milhões e milhões em dinheiro (e tantos milhões que se levaria a eternidade para contar) por uma truta frita, um ovo, uma batata, um bolo e uma xícara de café!

"Seria caro demais", pensou Midas.

No entanto, tão grande era sua fome, e a perplexidade de sua situação, que ele mais uma vez gritou, e com dor. Nossa linda Petúnia não suportava mais. Por um momento, ela permaneceu observando o pai e tentando, com toda a força de seu pequeno pensamento, descobrir o que se passava com ele. Então, num doce e doloroso impulso de reconfortá-lo, deixou sua cadeira e, correndo para Midas, lançou os braços com carinho em torno de seus joelhos. Ele curvou-se e a beijou. Sentiu que o amor de sua pequena filha valia mil vezes mais do que seu Toque Dourado.

– Minha preciosa Petúnia! – exclamou.

Mas Petúnia não respondeu.

Ai, o que ele fizera? Quão fatal era o dom que o estranho lhe tinha dado! No momento em que os lábios de Midas haviam tocado a testa de Petúnia, uma mudança se realizara. Suas faces doces e rosadas, tão cheias de carinho que eram, assumiram uma cor amarela e brilhante, com lágrimas amarelas congeladas em seu rosto. Seus belos cachos castanhos assumiram a mesma cor. Suas delicadas e gentis formas ficaram duras e inflexíveis ao cingir dos braços do pai. Oh, terrível desventura! Vítima de um insaciável desejo de riqueza, a pequena Petúnia não era mais uma criança humana – tornara-se uma estátua de ouro!

A filha de Midas transformada em ouro

Sim, ali estava ela, com o olhar questionador do amor, da dor e da piedade fixados no rosto. Era a mais bela e a mais triste visão que um mortal já tivera. Todas as feições e gestos de Petúnia ali estavam; mesmo a pequena e adorável covinha aparecia em seu queixo de ouro. Mas, quanto mais perfeita a semelhança, maior a agonia do pai ao observar a imagem dourada, que era tudo que lhe restava da filha. Uma das frases favoritas de Midas, que ele sempre repetia quando sentia particular orgulho de sua filha, era que ela valia seu peso em ouro. E agora a frase se tornara literalmente verdadeira. E agora, por fim, quando era tarde demais, ele sentia o quanto um coração terno e caloroso, que o amava, excedia infinitamente em valor toda a riqueza que se podia empilhar entre o céu e a terra!

Seria uma história muito triste se eu lhes contasse como Midas, na inteireza de seus desejos atendidos, pôs-se a torcer as mãos e lamentar-se; e como ele não era capaz de suportar olhar para Petúnia, nem desviar os olhos dela. Ele não podia conceber que a filha se transmutara em ouro, exceto quando seus olhos se fixavam na imagem – e, assim, depois de mais um rápido olhar, lá se apresentava a preciosa figura, com uma lágrima amarela em seu rosto amarelo e um olhar tão compassivo e terno que era como se aquela mesma expressão fosse necessariamente amolecer o ouro e torná-lo carne novamente. Não era, contudo, o caso. Então restou a Midas apenas apertar as mãos umas nas outras e desejar ser o homem mais pobre do mundo, se a perda de toda a sua riqueza pudesse trazer de volta ao rosto de sua querida filha o mais pálido rosado.

Enquanto estava nesse tumulto de desespero, ele subitamente notou um estranho próximo à porta. Midas baixou a cabeça, sem falar, pois reconhecia a mesma figura que lhe aparecera um dia antes, na sala do tesouro, e lhe dotara daquela desastrosa faculdade do Toque Dourado. O semblante do estranho ainda trazia um sorriso, que parecia lançar uma luz amarela por todo o quarto e reluzia na imagem da pequena Petúnia e nos outros objetos que se haviam transmutado sob o toque de Midas.

– Bem, amigo Midas – disse o estranho –, como andam as coisas com o Toque Dourado?

Midas balançou a cabeça.

– Vão muito mal – disse ele.

– Mal mesmo! – exclamou o estranho. – E como isso se deu? Não mantive minha promessa? Você não tem tudo que seu coração deseja?

– O ouro não é tudo – respondeu Midas. – E eu perdi tudo que meu coração realmente amava.

– Ah! Então você descobriu coisas, desde ontem? – comentou o estranho. – Vamos ver, então. Qual das duas coisas você realmente acha que vale mais: o dom do Toque Dourado ou um copo de água limpa e fresca?

– Oh, abençoada água! – exclamou Midas. – Ela nunca mais vai umedecer minha garganta novamente!

– O Toque Dourado – prosseguiu o estranho – ou uma casca de pão?

– Um pedaço de pão – respondeu Midas – vale todo o ouro do mundo!

– O Toque Dourado – perguntou o estranho – ou sua própria e linda Petúnia, terna, doce e amorosa como era há uma hora?

– Ai, minha filha, minha amada filha! – gritou o pobre Midas, torcendo as mãos. – Eu não daria aquela pequena covinha em seu queixo pelo poder de transformar esse mundo inteiro numa sólida peça de ouro.

– Você está mais sábio do que antes, rei Midas! – disse o estranho, olhando seriamente para ele. – Seu próprio coração, noto eu, não se transformou inteiramente em ouro. Assim fosse, seu caso seria, de fato, desesperador. Mas você ainda parece capaz de entender que as coisas mais comuns, como as que estão ao alcance de todos, são mais valiosas do que as riquezas pelas quais tantos mortais anseiam e lutam. Digame: você deseja sinceramente se livrar desse Toque Dourado?

– Eu o detesto! – respondeu Midas.

Uma mosca pousou em seu nariz, mas imediatamente caiu no chão; pois ela, também, tornara-se ouro. Midas tremeu.

– Vá, então – disse o estranho –, e mergulhe no rio que atravessa o fundo de seu jardim. Depois, tome uma jarra da mesma água e a esparja sobre cada objeto que deseje transformar do ouro em sua substância inicial. Se fizer isso a sério e sinceramente, é possível reparar o mal que sua avareza ocasionou.

O rei Midas curvou-se; e, quando levantou a cabeça, o luminoso estranho desaparecera.

É óbvio (e creio que vocês pensem o mesmo) que Midas não perdeu tempo e, tomando de uma enorme ânfora de barro (ai!, depois de tê-la tocado, ela já não era mais de barro), apressou-se na direção do rio. Enquanto corria e abria caminho pelos arbustos, era de fato maravilhoso ver como a folhagem tornava-se amarela atrás de si, como se o outono estivesse apenas ali e em nenhum outro lugar. Ao chegar à margem do rio, ele mergulhou de cabeça, sem sequer tirar os sapatos.

– Puf! Puf! Puf! – fungou o rei Midas, enquanto sua cabeça emergia da água. – Ora, é realmente um banho revigorante, e espero ter lavado de mim esse Toque Dourado. E agora enchamos a ânfora!

Enquanto ele mergulhava a ânfora na água, alegrou-lhe o coração ver que ela mudava do ouro para o mesmo bom e honesto barro de que era feita antes de tocá-la. Ele também sentia uma diferença em si mesmo. Um peso duro e frio parecia ter saído de seu peito. Sem dúvida, seu coração perdera gradualmente a substância humana e se transmutara ele mesmo no insensível metal; agora, no entanto, amolecera novamente em forma de carne. Observando uma violeta que crescia às margens do rio, Midas tocou-a com o dedo e exultou ao ver que a delicada flor reteve sua cor púrpura, em vez de passar ao amarelo brilhante. A maldição do Toque Dourado tinha, portanto, sido removida dele.

O rei Midas apressou-se de volta ao palácio; e, suponho, os criados não souberam o que pensar quando viram seu senhor real trazendo tão cuidadosamente para dentro de casa uma ânfora de barro cheia de água. Mas a água, que servia para desfazer todo o mal que sua loucura perpetrara, era mais preciosa para Midas do que um oceano de ouro derretido. A primeira coisa que fez, nem preciso lhes dizer, foi espargir bastante água sobre a imagem da pequena Petúnia.

Midas e a ânfora

Tão logo a água caiu sobre ela, vocês teriam sorrido ao ver como o tom rosado retornou ao rosto da linda menina! E como ela começou a fungar e chorar! E quão surpresa estava de se ver encharcada, e seu pai ainda jogando mais água nela!

– Por favor, não, pai! – ela exclamou. – Veja como você molhou meu belo vestido, que eu acabei de colocar agora de manhã!

Pois Petúnia não sabia que tinha se tornado uma pequena estátua de ouro; nem era capaz de lembrar-se de nada até o momento em que ela correu com os braços abertos para confortar o pobre rei Midas.

Seu pai não julgou necessário contar à adorável criança quão louco ele fora, mas ficou feliz em lhe mostrar quão mais sábio ficara. Assim, levou a pequena Petúnia para o jardim, onde espargiu todo o resto da água sobre os arbustos de rosas, e com tal bom efeito que mais de quinhentas rosas recuperaram seu belo florir.

Havia duas circunstâncias, porém, que, ao longo de toda a sua vida, faziam o rei Midas recobrar a memória do Toque Dourado. Uma era que as areias do rio brilhavam como ouro; a outra, que o cabelo da pequena Petúnia passou a ter um matiz dourado, que ele nunca observara antes de tê-la transmutado em ouro com seu beijo. Essa mudança de tonalidade fez Petúnia mais bela do que em sua mais tenra infância.

Quando ficou muito velho e começou a brincar de cavalinho com os filhos de Petúnia sobre seus joelhos, o rei Midas gostava de contar a eles essa maravilhosa história, assim como a contei para vocês. E então ele tocava em seus cachos brilhantes e lhes dizia que aquele cabelo tinha, também, uma rica tonalidade de ouro, que eles tinham herdado da mãe.

– E para lhes dizer a verdade, meus preciosos amiguinhos – dizia o rei Midas, trotando cuidadosamente com as crianças todo o tempo –, desde aquela manhã eu odiei ver qualquer ouro que não fosse esse!

Riacho das Sombras

Depois da história

– BEM, CRIANÇAS – perguntou Eustace, que gostava muito de extrair uma opinião definitiva de seu público –, vocês já escutaram, em suas vidas, uma história melhor do que "O Toque Dourado"?

– Ora, quanto à história do rei Midas – disse a chatinha Primavera –, ela já era famosa milhares de anos antes de o sr. Eustace Bright vir ao mundo, e assim continuará depois que ele o deixar. Mas algumas pessoas têm o que nós podemos chamar de "O Toque de Chumbo", que faz tudo o que tocam chato e tedioso.

– Você é uma criança esperta, Primavera, até demais para sua idade – disse Eustace, defendendo-se, em certa medida, da dureza da crítica. – Mas você bem sabe, em seu coraçãozinho malvado, que fundi o velho ouro de Midas numa forma inteiramente nova e a fiz brilhar como nunca antes. E quanto à figura de Petúnia? Você não percebeu um bom trabalho ali? E não extraí e aprofundei a moral muito bem? O que me dizem vocês, Musgo-renda, Dente-de-leão, Trevo, Pervinca? Alguma de vocês, crianças, depois de escutar a história, seria boba a ponto de desejar a faculdade de transformar as coisas em ouro?

– Eu gostaria – disse Pervinca, uma menininha de dez anos – de ter o poder de transformar tudo em ouro com o indicador da mão direita e queria o poder de mudar tudo de volta com o indicador da mão esquerda, se a primeira mudança não me agradasse. E eu já sei o que faria nesta tarde!

– Diga-me – falou Eustace.

– Ora – respondeu Pervinca –, eu tocaria cada uma dessas folhas douradas das árvores com meu dedo esquerdo para que elas ficassem todas verdes de novo; assim a gente teria o verão de volta, sem um inverno feio nesse meio-tempo.

– Oh, Pervinca! – exclamou Eustace Bright –, você está errada e produziria um grande mal. Fosse eu Midas, não faria mais do que esses dias dourados para sempre, o ano todo sem cessar. Meus melhores pensamentos sempre chegam um pouco tarde demais. Por que não contei a vocês que, quando velho, o rei Midas veio à América e transformou o outono escuro, como é em outros países, nessa maravilha reluzente que se vê aqui? Ele dourou as folhas do grande volume da Natureza.

– Primo Eustace – disse Musgo-renda, um menininho bonzinho que sempre fazia perguntas precisas a respeito da altura exata de gigantes e da pequenez das fadas –, qual era o tamanho de Petúnia e quanto ela pesava depois que foi transformada em ouro?

– Ela era tão alta quanto você – respondeu Eustace –, e, como o ouro é muito pesado, pesava pelo menos uns cem quilos e poderia ser derretida e cunhada numas trinta ou quarenta moedas de ouro de dólar. Antes Primavera chegasse à metade desse valor. Venham, crianças, vamos subir o vale e olhar a paisagem.

Assim fizeram. O sol agora avançava uma ou duas horas de seu zênite e enchia o grande côncavo do vale com sua radiação ocidental, de modo que ele parecia pleno de uma luz leve, que se derramava igualmente pelas demais encostas ao redor, como vinho dourado numa tigela. Era um dia do qual não se podia evitar dizer: "Nunca houve um dia como este antes!", embora o anterior tivesse sido tal e qual e o seguinte também fosse ser assim. Ah, mas são tão poucos dias como esses num ciclo de doze meses! Há uma peculiaridade notável nesses dias de outubro: cada um deles parece ocupar bastante espaço, embora o sol já nasça tarde nessa estação do ano e vá para a cama, como devem fazer as criancinhas, sobriamente às seis da tarde, ou mesmo antes. Não podemos, portanto, dizer que sejam dias longos; mas parecem, de um jeito ou de outro, compensar com sua intensidade o fato de serem curtos; e quando a noite fria vem, estamos conscientes de ter desfrutado de uma boa quantidade de vida desde a manhã.

– Venham, crianças, venham! – exclamou Eustace Bright. – Mais nozes, mais nozes, mais nozes! Encham suas cestas; e, no Natal, eu as quebrarei para vocês e contarei belas histórias!

E assim seguiram em frente; todos bastante alegres, exceto a pequenina Dente-de-leão, que, sinto dizer, sentara sobre uma casca de castanha cheia de espinhos e estava chateada, tão picada quanto uma almofadinha de alfinetes. Meu Deus, como ela devia estar incomodada!

O Paraíso das Crianças

Quarto de brinquedos de Tanglewood

Introdução a "O Paraíso das Crianças"

Os dias dourados de outubro passaram, à maneira de muitos outubros, assim como a lama de novembro e a maior parte do frio de dezembro. Por fim, chegou o Natal feliz, e, com ele, Eustace Bright, que tornava tudo mais alegre com sua presença. No dia seguinte a sua chegada da faculdade, caiu uma poderosa tempestade de neve. Até então, o inverno não avançara e tinha nos proporcionado muitos bons dias amenos, que eram como sorrisos num semblante carregado de vincos. A grama mantivera-se verde nos espaços protegidos, como os recantos das colinas ao sul, e rente às cercas de pedra. Não fazia mais de duas semanas, desde o começo do mês, que as crianças haviam encontrado um dente-de-leão em flor à margem do Riacho das Sombras, no ponto em que corre para fora do vale.

Mas esqueçamos a grama verde e os dentes-de-leão. Era uma tempestade de neve daquelas! Seria possível vê-la inteira no raio de uns trinta quilômetros, entre as janelas de Tanglewood e o domo da cordilheira Taconic, caso fosse possível ver tão longe através dos torvelinhos de neve que esbranquiçavam a atmosfera. Era como se as colinas fossem gigantes que lançassem monstruosas bolas de neve uns contra os outros, em sua imensa brincadeira. Tão densos eram os flocos de neve que flutuavam que mesmo as árvores, a meio caminho descendo o vale, permaneceram escondidas por eles a maior parte do tempo. Às vezes, é verdade, os pequenos prisioneiros de Tanglewood eram capazes de discernir um leve contorno do monte Monumento, e a lisa brancura do lago a seus pés, e as extensões negras ou cinzentas de terra na paisagem mais próxima. Mas essas eram apenas visões fugazes através da tempestade.

Não obstante, as crianças divertiam-se enormemente na tempestade de neve. Tinham entrado em contato com ela dando cambalhotas em seus depósitos de flocos mais altos e lançando neve umas contra as outras, assim como imaginamos as montanhas Berkshire fazendo. E agora elas tinham retornado ao seu espaçoso quarto de brinquedos, tão amplo quanto a grande sala de estar e abarrotado de todo tipo de brinquedos, dos grandes aos pequenos. O maior era um cavalinho de balanço que parecia um pônei de verdade; e havia uma família inteira de bonecas de madeira, cera, gesso e porcelana, além de bebês de trapo e tijolinhos suficientes para erguer um Monumento a Bunker Hill, e pinos de boliche e bolas e peões e jogos de peteca e pega-varetas e corda de pular e ainda muito mais desse tipo de posse valiosa do que eu seria capaz de descrever em páginas impressas. Mas as crianças gostaram da tempestade de neve mais do que de qualquer outra coisa. Ela era a promessa de tantas vigorosas diversões para o dia seguinte e todo o resto do inverno. A corrida de trenó; as descidas colina abaixo na direção do vale; os bonecos de neve que seriam moldados; os fortes que seriam construídos; e as guerras com bolas de neve que seriam feitas!

Assim, os pequenos comemoraram a tempestade e ficavam felizes ao vê-la mais e mais densa, e assistiam com esperança à longa pilha que crescia na alameda e já estava mais alta do que eles mesmos.

– Ora, ficaremos presos até a primavera! – exclamavam com absoluta alegria. – Que pena que esta casa seja alta demais para ser toda coberta! A casinha vermelha ali embaixo vai ser enterrada até as calhas do telhado.

– Suas crianças bobas, o que vocês querem com tanta neve? – perguntou Eustace, que, cansado de algum romance que estivera lendo, foi ao quarto de brinquedos. – Ela já fez estrago o bastante, acabando com toda a patinação que esperava ter por todo o inverno. A gente não vai ver o lago até abril; e este tinha que ter sido meu primeiro dia lá! Você não tem pena de mim, Primavera?

– Ah, claro! – respondeu Primavera, rindo. – Mas, para seu conforto, escutaremos outra de suas velhas histórias, como as que você nos contou na varanda e descendo o vale, no Riacho das Sombras. Talvez eu goste mais delas hoje, quando não há o que fazer, do que naqueles dias em que havia nozes para a gente colher e um tempo gostoso para brincar.

Logo em seguida, Pervinca, Trevo e Musgo-renda, como as muitas outras crianças dessa pequena fraternidade e comunidade de primos ainda presente em Tanglewood, reuniram-se em torno de Eustace e pediram-lhe seriamente que contasse uma história. O estudante bocejou, esticou-se e, para enorme admiração dos pequenos, saltou três vezes, para a frente e para trás, por cima de uma cadeira, de modo a, segundo explicou, botar sua sagacidade para funcionar.

– Ora, ora, crianças – disse ele, depois dessas preliminares. – Já que vocês insistem, e Primavera assim o quis, vou ver o que se pode fazer por vocês. E, para que saibam como eram felizes os dias antes que as tempestades de neve se tornassem moda, vou lhes contar uma história realmente das antigas, de quando o mundo era tão recente quanto o pião novinho em folha de Musgo-renda. Só havia, naquela época, uma estação do ano, que era o mais delicioso verão; e só uma idade para todos os mortais, que era a infância.

– Nunca ouvi falar disso – falou Primavera.

– Claro que não – respondeu Eustace. – Essa é uma história com que ninguém, só eu, já sonhou: um Paraíso das Crianças. E é também uma história sobre como, por causa das travessuras de uma diabinha como essa Primavera aqui, tudo se acabou.

Então Eustace Bright sentou-se na cadeira por cima da qual acabara de saltar, colocou Prímula no colo, pediu silêncio a todo o auditório e começou uma história sobre uma triste criança malvada, cujo nome era Pandora, e seu coleguinha de brincadeiras Epimeteu. O leitor a encontrará a seguir, palavra por palavra, exatamente como ele a contou.

O Paraíso das Crianças

HÁ MUITO, muito tempo, quando este velho mundo vivia sua mais tenra infância, existia uma criança de nome Epimeteu que não tinha mãe ou pai; e, para que ele não fosse mais solitário, outra criança, sem pai ou mãe como ele, foi enviada de um lugar distante para viver com ele e ajudá-lo e ser sua coleguinha. O nome dela era Pandora.

A primeira coisa que Pandora viu, quando entrou na cabana em que Epimeteu vivia, foi uma enorme caixa. E praticamente a primeira pergunta que fez a ele, depois de atravessar a porta, foi:

– Epimeteu, o que você tem naquela caixa?

– Minha cara Pandora – respondeu Epimeteu –, isso é um segredo, e você precisa ser gentil o bastante para não fazer nenhuma pergunta sobre ela. A caixa foi deixada aqui para ser mantida a salvo, e eu próprio não sei o que ela contém.

– Mas quem lhe deu a caixa? – perguntou Pandora. – E de onde ela vem?

– É um segredo, também – respondeu Epimeteu.

– Que insuportável! – exclamou Pandora, mordendo o lábio. – Preferia que essa caixa feia estivesse fora do caminho!

– Ora, não pense mais nela – exclamou Epimeteu. – Vamos para fora brincar com as outras crianças.

Já faz milhares de anos desde que Epimeteu e Pandora eram vivos; e o mundo, hoje em dia, é uma coisa muito diferente do que havia na época deles. Naquele tempo, todos eram crianças. Não havia necessidade de pais e mães para tomar conta delas; pois não havia perigo, nem problemas de qualquer tipo, nem roupas a serem remendadas, e sempre havia o bastante para comer e beber. Sempre que uma criança queria seu almoço, ela o encontrava brotando numa árvore, e, se olhasse para a árvore pela manhã, poderia ver o broto do jantar daquela noite crescendo; ou, à noite, encontrava o belo botão do café da manhã do dia seguinte. Era uma vida bastante agradável. Não havia trabalho a ser feito nem tarefas a serem estudadas; nada além de brincadeiras e danças e a voz doce das crianças conversando ou cantarolando como passarinhos ou explodindo em risadas de alegria por todo o dia.

O mais maravilhoso de tudo era que as crianças jamais brigavam entre si mesmas; também não conheciam acessos de choro; desde que o tempo começara, nem um só desses pequenos mortais tinha se recolhido a um canto de mau humor. Ora, mas não era um tempo maravilhoso de se viver? A verdade é que aqueles horríveis monstrinhos alados, os Problemas, que hoje são quase tão numerosos quanto os mosquitos, nunca tinham sido vistos na terra. É provável que a maior inquietude que uma criança experimentara até então fosse o incômodo de Pandora por não ter sido capaz de descobrir o segredo da caixa misteriosa.

Essa foi, de início, apenas a leve sombra de um Problema; mas, todos os dias, ele cresceu mais e mais, ganhou corpo, até que, num curto espaço de tempo, a cabana de Epimeteu e Pandora já não era tão ensolarada quanto a das outras crianças.

– De onde pode ter vindo essa caixa? – Pandora continuamente dizia a si mesma e a Epimeteu. – O que será que tem lá dentro?

– Sempre falando sobre essa caixa! – disse Epimeteu, por fim; pois ele ficara bastante irritado com o assunto. – Gostaria, minha cara Pandora, que você tentasse falar de qualquer outra coisa. Venha, vamos sair e colher alguns figos maduros e comê-los sob as árvores no jantar. E eu sei de uma vinha que tem as mais doces e saborosas uvas que você já experimentou.

– Sempre falando sobre uvas e figos! – irritou-se Pandora.

– Pois bem – disse Epimeteu, que era uma criança de bom temperamento, como muitas crianças naquele tempo –, vamos sair e nos divertir com nossos amiguinhos.

– Estou cansada de alegria e diversão e não ligo se nunca mais as tiver! – respondeu nossa pequena e mal-humorada Pandora. – E, além do mais, nunca me divirto. Essa caixa horrorosa! Eu passo o tempo todo pensando nela. Quero que você me diga o que existe dentro dela.

– Já disse umas cinquenta vezes: eu não sei! – respondeu Epimeteu, começando a se irritar. – Como, então, posso dizer o que existe dentro dela?

– Você deve abri-la – disse Pandora, olhando de soslaio para Epimeteu –, e então veremos por nós mesmos.

– Pandora, no que você está pensando? – exclamou Epimeteu.

E seu rosto expressou tanto horror ante a ideia de olhar dentro da caixa, que lhe havia sido confiada sob condição de jamais abri-la, que Pandora achou melhor não voltar a sugeri-la. Ainda assim, porém, ela não conseguia evitar pensar e falar sobre a caixa.

– Pelo menos – disse ela – você pode me dizer como ela veio parar aqui.

– Foi deixada na porta – respondeu Epimeteu –, logo antes de você chegar, por uma pessoa que parecia muito sorridente e inteligente e que mal era capaz de segurar o riso ao botá-la no chão. Ele estava vestido com uma capa estranha e tinha um chapéu que parecia parcialmente feito de penas. Até parecia que o chapéu tinha asas.

– Que tipo de cajado ele tinha? – perguntou Pandora.

– Ah, um cajado bastante engraçado, você nunca viu um igual! – exclamou Epimeteu. – Era como se fosse feito de um pedaço de pau com duas serpentes entrelaçadas. Elas tinham um entalhe tão real que, a princípio, pensei que estivessem vivas.

– Eu o conheço – disse Pandora, pensativa. – Ninguém tem um cajado desses. É Azougue; e ele me trouxe até aqui, assim como trouxe a caixa. Não tenho dúvida de que ela é para mim; e, muito provavelmente,

Pandora observa a caixa, curiosa

tem uns belos vestidos para eu vestir ou brinquedos para eu e você brincarmos, ou ainda algo muito bom para a gente comer!

– Talvez – respondeu Epimeteu, afastando-se. – Mas até Azougue voltar e nos contar, não temos nenhum direito de levantar a tampa da caixa.

– Mas que menino bobo! – murmurou Pandora, enquanto Epimeteu deixava a cabana. – Queria que ele tivesse um pouco mais de iniciativa!

Pela primeira vez desde a chegada de Pandora, Epimeteu saíra sem pedir que ela o acompanhasse. Saiu para colher figos e uvas sozinho, ou para procurar algum divertimento entre outras crianças que não fossem sua pequena colega de brincadeiras. Ele estava muito cansado de ouvir falar daquela caixa e desejava de coração que Azougue, ou fosse lá o nome que o mensageiro tivesse, a houvesse deixado na porta de qualquer outra criança, onde Pandora jamais tivesse posto seus olhos nela. Tanto ela insistia, tagarelando sobre aquela coisa! A caixa, a caixa, só a caixa, tudo a caixa! Era como se a caixa fosse enfeitiçada e a cabana não fosse grande o bastante para abrigá-la, sem que Pandora tropeçasse nela o tempo todo, assim como Epimeteu, e ralassem os dois as canelas.

Bom, era realmente difícil para o pobre Epimeteu ter uma caixa em seus ouvidos da manhã até a noite; especialmente pelo fato de as crianças da terra estarem tão desacostumadas a problemas naqueles dias tão felizes que não sabiam como lidar com eles. Assim, um probleminha fazia tanto estardalhaço naquele tempo quanto os problemões de hoje em dia.

Depois que Epimeteu saiu, Pandora ficou olhando para a caixa. Ela a chamou de feia umas cem vezes; mas, a despeito de tudo que dissera contra ela, a verdade é que era uma peça de mobília muito bonita e poderia ter enfeitado qualquer sala em que tivesse sido colocada. Era feita de um belo tipo de madeira, com veios escuros e harmônicos se espalhando por sua superfície, tão polida que a pequena Pandora podia ver seu rosto refletido nela. Como a menina não tinha outro espelho, é estranho que ela não tenha dado valor à caixa apenas por isso.

Os cantos e bordas da caixa eram entalhados com a mais maravilhosa habilidade. Perto da margem havia figuras de belos homens e mulheres e as mais belas crianças jamais vistas, reclinadas ou divertindo-se em meio a uma profusão de flores e folhagem; e esses vários objetos eram tão belamente representados e tinham sido dispostos juntos em tal harmonia que flores, folhagem e seres humanos pareciam combinar-se numa coroa de beleza sem par. Mas aqui e ali, à espreita atrás da folhagem entalhada, Pandora pensou ter visto uma ou duas vezes um rosto não muito amável ou ainda algo desagradável, que roubava a beleza de todo o resto. Todavia, ao olhar mais atentamente e tocando o ponto com o dedo, ela não era capaz de identificar nada do gênero. Um rosto qualquer, de fato belo, parecia feio quando ela o olhava de soslaio.

O mais belo rosto de todos estava esculpido no que se chama alto-relevo, no centro da tampa. Não havia mais nada, além do esplendor daquela madeira lisa e escura e esse rosto no centro, com uma guirlanda de flores em torno de seu semblante. Pandora olhara para o rosto muitas vezes e imaginou que a boca poderia sorrir se quisesse ou ser séria quando o decidisse, como qualquer boca viva. As feições, de fato, traziam uma expressão vivaz e um tanto travessa, que parecia ter necessidade de extravasar dos lábios entalhados e materializar-se em palavras.

Tivesse a boca falado, teria sido provavelmente algo assim:

– Não tenha medo, Pandora! Que mal pode haver em abrir a caixa? Não ligue para aquele pobre e simplório Epimeteu! Você é mais sábia do que ele e tem dez vezes mais vivacidade. Abra a caixa, e veja se não vai encontrar algo muito bonito!

A caixa, eu tinha quase me esquecido de dizer, estava fechada; não por um cadeado, nem por nenhum tipo de instrumento, mas por um nó bastante intrincado de cordão dourado. Parecia não haver fim nesse nó, nem começo. Nunca um nó foi tão astuciosamente feito, jamais com tantas voltas, que, manhosas, desafiavam os mais hábeis dedos a desfazê-las. E, no entanto, pela própria dificuldade que nele havia, Pandora sentia-se ainda mais tentada a examinar o nó e ver como era feito. Duas ou três vezes, já, estivera curvada diante da caixa e tomara o nó entre o dedão e o indicador, mas sem tentar de fato desfazê-lo.

– Creio realmente que começo a entender como foi feito – disse para si mesma. – Não, talvez eu devesse amarrá-lo de novo, antes de desfazê-lo. Não haveria problema nisso, com certeza. Mesmo Epimeteu não brigaria comigo por isso. Não preciso abrir a caixa, nem devo, é claro, sem o consentimento daquele menino bobo, mesmo se o nó fosse desfeito.

Poderia ter sido melhor para Pandora se ela tivesse algum trabalho a fazer, por menor que fosse, a fim de ocupar a cabeça, e, assim, não passasse tanto tempo pensando sobre o assunto. Mas as crianças levavam uma vida tão fácil, antes que quaisquer Problemas surgissem no mundo, que tinham realmente muito tempo livre. Naqueles idos em que a Mãe Terra não era mais que um bebê, elas não podiam passar todo o tempo brincando de esconde-esconde entre os arbustos de flores ou de cabra-cega com guirlandas nos olhos ou de quaisquer outras brincadeiras que se tivessem descoberto. Quando a vida é toda diversão, o trabalho é a verdadeira brincadeira. Não havia absolutamente o que fazer. Um pouco de vassoura e espanador pela cabana, eu imagino, depois colher flores frescas (que existiam por toda parte) e arrumá-las em vasos – e o dia de trabalho da pobre Pandora tinha acabado. E então, pelo resto do dia, havia a caixa!

No fim das contas, não estou tão certo de que a caixa não fosse para ela, a sua maneira, uma bênção. Ela a supria com uma enorme variedade de ideias para pensar e sobre as quais falar sempre que tinha alguém que a escutasse! Quando estava de bom humor, admirava o polimento brilhante de suas laterais e a rica borda de belos rostos e folhagem que a corria por inteiro. Ou, se acaso estivesse de mau humor, dava-lhe um empurrão ou a chutava com seu pezinho malvado. E muitos chutes (pois era uma caixa malvada, como veremos, que mereceu tudo que teve!), muitos chutes ela recebeu. Mas o certo é que, não fosse pela caixa, nossa pequena Pandora, com sua cabecinha tão agitada, não teria sabido como fazer passar o tempo tão bem.

Pois era realmente uma tarefa sem fim tentar adivinhar o que havia dentro. O que poderia ser? Imaginem só, meus pequenos, quão ocupados ficariam seus pensamentos se houvesse uma caixa imensa na sala e, como vocês podem ter razões para supor, ela contivesse algo novo e bonito para seu Natal ou presentes de Ano-novo. Vocês acham que ficariam menos curiosos do que Pandora? Se vocês fossem deixados sozinhos com a caixa, não se sentiriam um pouco tentados a levantar a tampa? Mas vocês não fariam isso. Oh! Nunca! Não, não! Só que, se vocês pensassem que havia brinquedos dentro, seria tão difícil deixar escapar uma oportunidade de dar uma olhadinha! Não sei se Pandora esperava ver muitos brinquedos; pois provavelmente nenhum deles começara a ser feito naquele tempo, quando o próprio mundo era um imenso parque para as crianças que nele viviam. Mas Pandora estava convencida de que havia algo muito bonito e valioso na caixa; e assim ela sentiu igual ansiedade de dar uma espiada, como qualquer menininha, aqui ao meu redor, teria sentido. E, possivelmente, um pouco mais; mas disso não estou tão certo.

Nesse dia em particular de que estamos falando, contudo, sua curiosidade ficou maior do que o normal – e tão grande que, por fim, ela se aproximou da caixa. Ela estava mais do que meio determinada a abri-la, se pudesse. Ai, Pandora atrevida!

No entanto, primeiro ela tentou erguê-la. Era pesada; pesada demais para a compleição delicada de uma criança como Pandora. Ela ergueu uma ponta da caixa uns poucos centímetros do chão e a deixou cair de novo, com um estampido bem forte. Um instante depois, quase pensou ter ouvido alguma coisa mexer-se dentro da caixa. Ela aproximou o ouvido tanto quanto pôde e escutou. De fato, parecia haver uma espécie de murmúrio abafado lá dentro! Ou era apenas o cantar nos ouvidos de Pandora? Ou tratava-se das batidas de seu coração? A criança não era capaz de se resolver – tinha ou não escutado alguma coisa? De qualquer forma, sua curiosidade estava mais forte do que nunca.

Pandora deseja abrir a caixa

Quando ela desencostou a cabeça, seus olhos depararam-se com o nó do cordão de ouro.

"Quem atou esse nó devia ser uma pessoa bastante engenhosa", disse consigo Pandora. "Mas eu acho que conseguiria desatá-lo. Estou, pelo menos, disposta a encontrar as duas pontas do cordão."

Ela tomou o nó dourado nos dedos e examinou suas minúcias tão atenciosamente quanto era capaz. Quase sem querer, ou talvez sabendo o que estava prestes a fazer, ela não demorou a se ocupar de corpo e alma na tentativa de desfazê-lo. Enquanto isso, a luz do sol atravessava a janela aberta, assim como as vozes felizes das crianças, brincando ao longe – talvez fosse possível escutar a voz de Epimeteu entre elas. Pandora parou de escutar. Que belo dia era aquele! Não seria mais sábio se ela deixasse de lado aquele nó complicadíssimo e esquecesse a caixa para correr, unir-se a seus coleguinhas e ser feliz?

Todo esse tempo, contudo, seus dedos trabalhavam naquele nó quase sem perceber; e, quando de repente olhou de soslaio para o rosto contornado de flores na tampa da caixa encantada, pareceu-lhe que ele ria maliciosamente para ela.

"Esse rosto parece muito malvado", pensou Pandora. "Será que ele ri porque estou fazendo bobagem? Talvez o melhor mesmo seja correr daqui!"

Foi quando, por mero acidente, ela aplicou ao nó uma espécie de torção, e esta trouxe um resultado maravilhoso. Como que num passe de mágica, o cordão de ouro desamarrou-se e deixou a caixa sem fecho.

– Essa é a coisa mais estranha que já vi! – disse Pandora. – O que Epimeteu vai dizer? E como eu posso amarrá-lo de novo?

Ela fez uma ou duas tentativas de restaurar o nó, mas logo viu que estava além de suas habilidades. Ele tinha se desamarrado tão subitamente que ela não era capaz sequer de recordar como os cordões tinham sido dobrados um no outro; e, quando tentou relembrar a forma e aparência do nó, este parecia ter desaparecido completamente de sua mente.

Nada havia a se fazer, portanto, senão deixar a caixa como estava até que Epimeteu voltasse.

– Mas quando ele encontrar o nó desatado – disse Pandora –, vai saber que fui eu quem o desatou. Como posso fazê-lo crer que não olhei dentro da caixa?

E então um pensamento invadiu seu coraçãozinho atrevido – que, já que ela seria suspeita de ter olhado dentro da caixa, deveria fazê-lo de uma vez por todas. Ai, Pandora – que atrevimento, que besteira! Você devia ter pensado apenas em fazer o certo e deixar o errado desfeito, não no que seu amiguinho Epimeteu diria ou pensaria. E talvez assim tivesse feito se o rosto encantado na tampa da caixa não a houvesse fitado com tão fascinante persuasão, e se ela não parecesse ter escutado, ainda mais distintamente do que antes, o murmurar das vozezinhas dentro da caixa. Pandora não era capaz de dizer se era sua imaginação ou não; mas havia um pequeno tumulto de vozes em seu ouvido – ou antes era a curiosidade que lhe sussurrara:

– Deixe-nos sair, Pandora. Por favor, deixe-nos sair! Seremos seus melhores amiguinhos de brincadeiras! Apenas deixe a gente sair!

– O que pode ser? – pensou Pandora. – Existe alguma coisa viva na caixa? Ora! Sim! Estou decidida a dar uma olhadinha! Uma só! E então a tampa será fechada tão bem quanto antes! Não é possível que haja algum problema em dar uma olhadinha só!

Mas agora é hora de ver o que Epimeteu estava fazendo.

Era a primeira vez, desde que sua amiguinha viera viver consigo, que ele tentara desfrutar de algum prazer do qual ela não participasse. Mas nada deu certo; nem ele estava tão feliz quanto em outros dias. Não era capaz de encontrar uma uva doce ou um figo maduro (se Epimeteu tinha um fraco, era seu gosto um tanto excessivo por figos); ou, se estavam maduros, era demais, a ponto de enjoar. Não havia alegria em seu coração, como a que geralmente fazia sua voz expandir-se num brado e alimentar a alegria de seus coleguinhas. Em suma, estava muito descontente e desconfortável, a ponto de as outras crianças não poderem imaginar o que se passava com ele. Tampouco sabia o que lhe causava tanta dor. Pois vocês devem se lembrar que, no tempo sobre o qual estamos falando, era da natureza de todos e de seu constante hábito serem felizes. O mundo ainda não tinha aprendido a ser outro. Nem uma só alma ou corpo, desde que essas crianças tinham sido destinadas a desfrutar de si mesmas nesta bela terra, jamais ficara irritado ou doente.

Descobrindo então que, de uma forma ou de outra, ele acabara por dar fim a toda brincadeira, Epimeteu achou por bem voltar a Pandora, que estava num humor mais parecido com o seu. Mas, com a esperança de dar-lhe alegria, reuniu algumas flores e transformou-as numa coroa, que pretendia colocar-lhe na cabeça. As flores eram muito adoráveis: rosas e lírios e flores de laranjeira e outras mais, que, enquanto eram levadas por Epimeteu, deixavam um rastro de perfume atrás de si; e a grinalda foi feita com tanta habilidade quanto se podia esperar de um menino. Os dedos das meninas, sempre me pareceu, são mais adequados a entrelaçar coroas de flores; mas os meninos também podiam fazê-lo naqueles idos, muito melhor do que hoje.

E aqui devo mencionar que uma grande nuvem negra formava-se no céu, já havia algum tempo, embora não tivesse ainda coberto o sol. Mas, assim que Epimeteu alcançara a porta da cabana, essa nuvem começou a interceptar o sol e a produzir uma súbita e triste escuridão.

Ele entrou devagarinho; pois queria, se possível, não fazer barulho atrás de Pandora e coroá-la com as flores antes que pudesse se dar conta. Mas, tal como a situação se colocava, não havia necessidade de caminhar tão discretamente. Ele poderia ter caminhado tão pesadamente quanto quisesse – com os passos firmes de um homem, ou tão pesadamente, eu diria, quanto um elefante – sem que houvesse muita probabilidade de Pandora ouvir seus passos. Ela estava concentrada demais em seu propósito. No momento em que ele entrava na cabana, a criança atrevida levara sua mão à tampa e estava a ponto de abrir a misteriosa caixa. Epimeteu a observava. Se tivesse gritado, Pandora provavelmente afastaria a mão da caixa, e o mistério fatal jamais seria descoberto.

Mas o próprio Epimeteu, embora tocasse muito pouco no assunto, tinha sua própria curiosidade de saber o que havia lá dentro. Percebendo que Pandora estava decidida a descobrir o segredo, concluiu ele que sua amiguinha não era a única pessoa matreira na cabana. E se houvesse qualquer coisa valiosa ou bonita dentro da caixa, ele pretendia ficar com metade para si. Assim, depois de todos os seus sagazes discursos a Pandora sobre restringir sua curiosidade, Epimeteu revelou-se igualmente bobo e tão pronto a fazer besteira quanto ela. Portanto, sempre que culparmos Pandora pelo que houve, não devemos nos esquecer de saudar igualmente Epimeteu.

Enquanto Pandora erguia a tampa, a cabana ficou muito escura e soturna; pois a nuvem negra tinha, então, coberto praticamente todo o sol e parecia tê-lo enterrado vivo. Houvera antes, por uns instantes, um baixo murmúrio, um rugido que, de uma só vez, irrompeu na pesada explosão de um trovão. Mas Pandora, sem dar qualquer atenção a isso, levantou a tampa quase que inteira e olhou dentro da caixa. Era como se uma súbita revoada de criaturas aladas passasse por ela e deixasse a caixa, enquanto, ao mesmo tempo, ela escutava a voz de Epimeteu em tom de lamento, como se sentisse dor.

– Oh, fui picado! – exclamou ele. – Fui picado! Pandora malvada! Por que você abriu essa maldita caixa?

Pandora deixou cair a tampa e, assustando-se, olhou ao redor para ver o que acontecera a Epimeteu. A nuvem do trovão tinha escurecido tanto a sala que ela não conseguia ver muito claramente o que havia ali. Escutava, no entanto, um zunido desagradável, como se muitas moscas imensas ou mosquitos gigantes ou besouros disparassem de um lado para outro. E, à medida que seus olhos se acostumaram à pouca luz, ela viu uma multidão de pequenas e horríveis formas, com asas de morcego, parecendo abominavelmente más e armadas de longos ferrões em seus rabos. Fora uma daquelas criaturas que picara

Pandora abre a caixa

Epimeteu. Não tardou para que Pandora começasse a gritar, sentindo não menos dor e medo que seu companheiro e fazendo um escarcéu muito maior por isso. Um monstrinho odioso tinha pousado em sua testa e a teria picado não sei quão mais profundamente, não tivesse Epimeteu corrido e o espantado.

Agora, se você quer saber o que eram essas coisas horríveis que escaparam da caixa, devo lhes dizer que eram uma família inteira de mundanos Problemas. Havia Paixões ruins; havia muitas espécies de Preocupações; havia mais que cento e cinquenta Lamentações; havia Doenças, num vasto número de formas dolorosas e miseráveis; havia mais tipos de Vileza do que valeria a pena descrever. Em suma, tudo que tem desde então afligido as almas e corpos da humanidade estava fechado naquela caixa misteriosa, entregue a Epimeteu e Pandora para que a guardassem de modo que as crianças felizes do mundo jamais fossem incomodadas. Tivessem sido fiéis a seu juramento, tudo teria ido bem. Nenhuma pessoa crescida teria jamais conhecido a tristeza, nem qualquer criança teria tido razão para derramar uma lágrima que fosse, daquele momento até hoje.

Mas – e vocês podem ver por essa situação como um erro cometido por qualquer mortal é uma calamidade para todo o mundo – quando Pandora ergueu a tampa daquela caixa miserável, sob a anuência de Epimeteu, que não a impediu, os Problemas firmaram-se entre nós e não dão qualquer sinal de que vão bater em retirada. Pois era impossível, como vocês podem facilmente inferir, que as duas crianças fossem capazes de manter aquele horrível enxame em sua cabaninha. Pelo contrário, a primeira coisa que fizeram foi escancarar as portas e janelas na esperança de se livrar deles; e, logicamente, assim voaram os Problemas alados, dali para toda parte, irritando e atormentando tanto os pequenos que nenhum deles sequer sorriu por muitos dias depois. E, o que era bastante particular, todas as flores e botões orvalhados da terra, que jamais tinham esmorecido, começaram a murchar e perder as folhas depois de um ou dois dias. As crianças, ademais, que antes pareciam eternas em sua infância, agora ficavam dia após dia mais velhas e logo se tornaram rapazes e donzelas, depois homens e mulheres e idosos, antes que sonhassem com a existência de tal coisa.

Enquanto isso, a malvada Pandora e o não menos malvado Epimeteu permaneceram em sua cabana. Ambos tinham sido bem picados e sentiam bastante dor, que parecia a eles absolutamente intolerável, pois era a primeira dor que sentiam desde que o mundo conhecera seu começo. Eles, é claro, estavam totalmente desacostumados a isso e não tinham ideia do que aquilo significava. Além disso, estavam num mau humor terrível, tanto consigo mesmos quanto em relação um ao outro. Para dar plena vazão a ele, Epimeteu sentou-se a um canto emburrado e de costas para Pandora; enquanto Pandora deixara-se cair ao chão e descansava a cabeça sobre a abominável caixa fatal. Ela chorava bastante e soluçava como se seu coração fosse quebrar.

De repente ouviu-se uma batidinha gentil do lado de dentro da tampa da caixa.

– Que pode ser? – exclamou Pandora, erguendo a tampa.

Mas ou Epimeteu não escutara a batida ou estava muito de mau humor para notá-la. De qualquer forma, não respondeu.

– Você é muito grosso – disse Pandora, soluçando novamente –, você não conversa comigo!

Mais uma vez, a batida! Soava como os pequeninos nós dos dedos da mão de uma fada, batendo leve e alegremente dentro da caixa.

– Quem é você? – perguntou Pandora, com um pouco de sua velha curiosidade. – Quem é você, dentro dessa caixa má?

Uma vozinha doce respondeu de dentro:

– Abra a tampa, e você verá.

– Não, não – respondeu Pandora, mais uma vez começando a soluçar. – Já tive o bastante erguendo a tampa! Você está dentro da caixa, criatura má, e aí vai ficar! Já são muitos os seus irmãos e irmãs medonhos por aí, voando pelo mundo. Você não deve jamais pensar que vou ser tão tonta a ponto de deixá-la sair!

Ela olhou para Epimeteu enquanto falava, talvez esperando que ele fosse elogiá-la por sua sabedoria. Mas o garoto triste apenas murmurou que sua sabedoria surgira tarde demais.

– Ah – disse a vozinha de novo –, seria melhor que você me deixasse sair. Não sou como aquelas outras criaturas horríveis com ferrões na cauda. Eles não são meus irmãos e irmãs, como você vai ver, se der uma olhadinha em mim. Por favor, minha linda Pandora! Tenho certeza de que você vai me deixar sair!

E, de fato, havia uma espécie de alegre feitiço no tom de voz que tornava quase impossível recusar qualquer coisa que a vozinha pedia. A cada palavra que vinha de dentro da caixa, o coração de Pandora ficava imperceptivelmente mais leve. Epimeteu também, embora ainda a um canto, virara meio de lado e parecia estar de melhor humor do que antes.

– Meu querido Epimeteu – exclamou Pandora –, você escutou essa vozinha?

– Sim, claro – respondeu ele, embora num tom ainda não muito bem-humorado. – E daí?

– Devo levantar a tampa de novo? – perguntou Pandora.

– Como quiser – disse Epimeteu. – Você já fez tanto mal que talvez só aconteça de fazer um pouquinho mais. Um Problema a mais, no enxame que você liberou no mundo, não fará diferença.

– Você podia falar com um pouquinho mais de gentileza! – murmurou Pandora, enxugando os olhos.

– Ah, menino malvado! – exclamou a vozinha dentro da caixa, num tom alegre e irônico. – Ele sabe que quer me ver. Venha, minha querida Pandora, levante a tampa. Quero muito consolá-la. Só me dê um pouquinho de ar fresco e você vai ver que a coisa não é tão horrível quanto parece!

– Epimeteu – exclamou Pandora –, aconteça o que for, eu vou abrir a caixa!

– E como a tampa parece muito pesada – exclamou Epimeteu, correndo pelo quarto –, eu vou ajudar você!

Assim, em consenso, as duas crianças mais uma vez levantaram a tampa. Da caixa saiu voando uma figurinha muito sorridente e solar que percorreu a sala lançando luz por onde quer que passasse. Vocês nunca viram um raio de sol dançar em cantos escuros, ao ser refletido num pedaço de espelho? Bem, assim parecia a alegria alada dessa estranha que mais parecia uma fadinha em meio à escuridão da cabana. Ela voou até Epimeteu e, com um toque mínimo de seu dedo, o ponto inflamado onde um Problema o havia picado e a angústia dele decorrente imediatamente desapareceram. Então ela beijou Pandora na testa, e seu machucado foi igualmente curado.

Depois de fazer-lhes esse bem, a estranha brilhante flutuou alegremente sobre a cabeça das crianças e olhou tão docemente para elas que ambas começaram a pensar que não tinha sido de fato impróprio abrir a caixa, já que, de outro modo, sua alegre convidada acabaria por ter se tornado prisioneira daqueles malvados demoninhos com ferrões na cauda.

– Por favor, quem é você, bela criatura? – perguntou Pandora.

– Hei de ser chamada Esperança! – respondeu a luminosa figurinha. – E porque sou esse corpinho alegre, fui presa dentro da caixa para consertar a humanidade por causa daquele enxame de horríveis Problemas, cujo destino era serem libertos. Nunca temer! Tudo vai dar certo para nós, a despeito de todos eles.

– Suas asas são coloridas como um arco-íris! – exclamou Pandora. – São lindas!

– Sim, elas são como o arco-íris – disse Esperança –, porque, como minha natureza é feita de gratidão, sou feita tanto de lágrimas quanto de sorrisos.

– E você vai ficar conosco para sempre? – perguntou Epimeteu.

– Tanto quanto vocês precisarem de mim – disse Esperança, com seu sorriso agradável –, e isso vai ser tanto quanto vocês viverem neste mundo. Prometo nunca deixá-los. Pode acontecer de virem tempos e momentos em que vocês vão pensar que eu desapareci. Mas, sempre, sempre, sempre, quando talvez vocês menos sonharem, vão ver o brilho de minhas asas no teto de sua cabana. Sim, minhas queridas crianças, e eu sei de algo muito bom e belo que há de ser dado a vocês no futuro.

– Oh, diga-nos – eles exclamaram –, diga-nos o que é!

– Não me perguntem – respondeu Esperança, colocando o dedo em sua boca rosada. – Mas não se desesperem, mesmo se nunca aparecer enquanto vocês viverem neste mundo. Confiem em minha promessa, pois ela é verdadeira.

– Confiamos em você! – responderam Epimeteu e Pandora em uníssono.

E assim foi; e não só os dois, como todo o mundo acreditou na Esperança, que desde então vive. E, para dizer a verdade, não consigo deixar de ser agradecido – embora, logicamente, o que ela fez tenha sido muito feio – pelo fato de nossa tola Pandora ter espiado dentro da caixa. Sem dúvida – sem dúvida – os Problemas ainda voam pelo mundo, e só aumentaram, em vez de diminuir, e são um tipo bem feio de demoninhos, levando ferrões ainda mais venenosos nas caudas. Eu já os senti, e creio que os sentirei ainda mais, à medida que crescer. Mas existe aquela figurinha adorável e luminosa da Esperança! O que seria da nossa vida sem ela? A Esperança dá alma à terra; a Esperança faz tudo sempre novo; e, mesmo no melhor e mais luminoso aspecto da terra, a Esperança mostra que ele é apenas a sombra de uma felicidade infinita adiante!

Quarto de brinquedos de Tanglewood

Depois da história

– Primavera – perguntou Eustace, apertando sua orelha –, você gostou da minha Pandorinha? Não acha que ela é igual a você? Você não hesitaria menos em abrir a caixa.

– Então eu deveria ser bem punida pelo meu atrevimento – respondeu Primavera, de pronto. – Pois a primeira coisa que saltaria da caixa, depois de erguida a tampa, seria o sr. Eustace Bright na forma de um Problema.

– Primo Eustace – chamou Musgo-renda –, por acaso a caixa trazia todos os problemas que já existiram no mundo?

– Cada um deles! – respondeu Eustace. – Essa própria tempestade de neve, que acabou com a minha patinação, estava lá dentro.

– E quão grande era a caixa? – perguntou Musgo-renda.

– Ora, talvez um metro de comprimento – disse Eustace –, uns cinquenta centímetros de largura e uns oitenta de altura.

– Ah – disse a criança –, você está caçoando de mim, primo Eustace! Eu sei que não existem problemas o bastante no mundo para encher uma caixa desse tamanho. Quanto à tempestade de neve, ela não é um problema, mas um prazer; por isso, não podia estar na caixa.

– Escute a criança! – exclamou Primavera, com um ar de superioridade. – Quão pouco ele sabe sobre os problemas do mundo! Pobrezinho! Ele será mais sábio quando tiver visto da vida tanto quanto eu.

Assim dizendo, começou a pular corda.

Enquanto isso, o dia chegava perto do fim. Do lado de fora, a cena continuava parecendo horrível. Havia uma atmosfera cinza de neve, ampla e distante, que atravessava o crepúsculo que sobre tudo caía; a terra estava tão sem trilhas quanto o ar; e os bancos de neve sobre os degraus da varanda provavam que ninguém entrara ou saíra por muitas horas. Houvesse apenas uma criança na janela de Tanglewood, observando o panorama invernal, e ela talvez ficasse triste com o que se via. Mas meia dúzia de crianças juntas, embora não pudessem transformar o mundo num paraíso, poderiam desafiar o velho Inverno e todas as suas tempestades para tirar-lhes o bom humor. Ademais, Eustace Bright, sob impulso, inventou muitas novas formas de brincar, que os mantiveram todos em meio a risos e diversão até a hora de dormir e serviram para os outros dias de tempestade que se seguiram.

As três maçãs douradas

Lareira de Tanglewood

Introdução a "As três maçãs douradas"

A TEMPESTADE DE NEVE durou ainda outro dia; mas o que se fez dela depois, não consigo imaginar. De qualquer forma, ela acabou durante a noite; e quando o sol raiou na manhã seguinte, ele brilhava sobre cada ponto congelado da colina de Berkshire, e em toda parte no mundo. O gelo tinha coberto tanto as janelas que era difícil ter uma ideia do cenário do lado de fora. Mas, enquanto esperava pelo café da manhã, a pequena população de Tanglewood raspara buracos com as unhas e vira com imenso prazer que – exceto por um ou dois espaços limpos numa colina íngreme, ou pelo efeito cinza da neve misturada ao pinheiro negro da floresta – toda a natureza era branca como uma folha de papel. Como era agradável! E, para deixar tudo ainda melhor, estava frio a ponto de fazer cair o nariz! Se as pessoas têm vida o bastante dentro de si, não há nada que eleve mais o espírito e faça o sangue dançar e encrespar tão agilmente, como um córrego que descesse uma colina, quanto o gelo duro e brilhante.

Tão logo chegou ao fim o café da manhã, todo o grupo, bem agasalhado de peles e lãs, arrastou-se em meio à neve. Ora, que dia de frias brincadeiras foi aquele! Eles deslizaram pela colina na direção do vale umas cem vezes, ninguém sabia dizer quão longe – e, para tornar tudo ainda mais divertido, virando seus trenós e caindo de cabeça para baixo tantas vezes quanto chegaram a salvo no fundo. E, uma vez, Eustace Bright levou Pervinca, Musgo-renda e Flor de Abóbora consigo no trenó, de modo a garantir uma viagem segura; e assim desceram a toda. Mas, atenção, a meio caminho o trenó acertou um tronco escondido e lançou todos os quatro passageiros numa montanha de neve. Ao se levantarem, quem era capaz de dizer onde estava Flor de Abóbora? Ora, o que poderia ter acontecido com a criança? E enquanto eles tentavam descobrir e olhavam ao redor, Flor de Abóbora surgiu de um banco de neve com um rosto vermelhíssimo, olhando como se uma grande flor rubra tivesse de repente brotado no meio do inverno. Todos riram um bocado.

Quando todos se cansaram de descer pela colina, Eustace colocou as crianças para abrir uma caverna na maior montanha de neve que puderam encontrar. Infelizmente, assim que foi completada, e o grupo começou a apertar-se no buraco, o teto caiu sobre suas cabeças e enterrou cada uma das almas viva! No momento seguinte, surgiram das ruínas todas as cabecinhas, e a cabeça do estudante alto no meio delas, parecendo venerável e encanecido com a poeira de neve que se misturava a seus cabelos castanhos. E então, para punir primo Eustace por aconselhá-los a cavar uma caverna fadada à ruína, todas as crianças o atacaram em grupo e lançaram contra ele uma tamanha saraivada de bolas de neve que ele mal era capaz de ficar de pé.

Então ele correu e entrou no bosque e dali seguiu para a margem do Riacho das Sombras, onde era capaz de escutar as águas murmurarem sob enormes bancos de neve e gelo que o cobriam e que mal lhe permitiam ver a luz do dia. Havia sincelos adamantinos brilhando ao redor em suas pequenas cascatas. Dali ele caminhou às margens do lago e viu um plano branco e ainda não palmilhado diante de si, estendendo-se de seus pés até o monte Monumento. Caindo então o sol, Eustace pensou que nunca vira nada tão belo e único quanto aquela cena. Ele estava feliz de as crianças não estarem com ele; pois seus espíritos vivazes e sua vontade de se atirar por toda parte teriam enxotado sua postura mais elevada e grave, de modo que ele teria tão somente sentido alegria (a exemplo de todo o resto do dia) e não teria conhecido o encanto do pôr do sol de inverno entre as colinas.

Quando o sol tinha quase se posto, nosso amigo Eustace foi para casa jantar. Depois de terminar, encaminhou-se ao estúdio com o propósito, suponho eu, de escrever uma ode ou dois ou três sonetos ou versos de um tipo ou de outro em louvor daquelas nuvens douradas e púrpura que vira em torno do sol poente. Mas, antes de martelar a primeira rima, a porta se abriu e Primavera e Pervinca fizeram sua aparição.

– Para fora, crianças! Não posso me ocupar de vocês agora! – disse o estudante, olhando de soslaio com a pena entre os dedos. – Que raios vocês querem aqui? Pensei que estavam todos na cama!

– Escute-o, Pervinca, tentando falar como gente grande! – disse Primavera. – E ele parece esquecer que tenho treze anos e posso ficar de pé até quase tão tarde quanto quiser. Mas você precisa se despojar dessa banca toda, primo Eustace, e vir com a gente para a sala de estar. As crianças falaram tanto de suas histórias que meu pai quer ouvir uma delas para julgar se são capazes de fazer algum mal.

– Ora, ora, Primavera! – exclamou o estudante, um tanto irritado. – Não creio que possa contar uma de minhas histórias na presença de adultos. Além disso, seu pai é um erudito dedicado às letras clássicas; não que o trabalho dele me cause medo – duvido que ele não esteja tão enferrujado quanto uma velha faca de mesa hoje em dia. Mas ele certamente vai ralhar com a admirável fantasia que empenho nessas histórias, toda saída de minha cabeça e que faz o grande encanto dos contos para as crianças, como você mesma. Nenhum homem de cinquenta anos que tenha lido os mitos clássicos na juventude pode entender meu mérito como reinventor e melhorador deles.

– Tudo isso pode ser bem verdade – disse Primavera –, mas você deve vir! Meu pai não vai abrir seu livro, nem a mamãe o piano, até que você nos dê um pouco de sua loucura, como você corretamente a chama. Então seja um bom menino e venha comigo.

A despeito do que pudesse fingir, o estudante ficou, posteriormente, mais feliz do que qualquer outra coisa pela oportunidade de provar ao sr. Pringle que excelente talento ele tinha de modernizar os mitos dos antigos. Até os vinte anos de idade, um jovem homem pode, de fato, ser acanhado ao mostrar sua poesia e prosa; ao mesmo tempo, porém, ele demonstra-se bastante apto a pensar que essas mesmas produções poderiam colocá-lo entre os maiores da literatura, desde que se tornem conhecidas. Assim, sem muita resistência, Eustace deixou que Primavera e Pervinca o arrastassem à sala de estar.

Era um cômodo amplo e belo, com uma janela semicircular numa ponta, no recesso da qual havia uma cópia em mármore de *Anjo e criança*, de Horatio Greenough. De um dos lados da lareira havia muitas estantes de livros, austeros porém ricamente encadernados. A luz branca do lampião astral e o brilho vermelho do carvão incandescente tornavam a sala brilhante e alegre; e diante do fogo, numa funda poltrona, estava o sr. Pringle, que parecia absolutamente integrado à sala e à poltrona tal como se encontravam. Era um cavalheiro alto e bastante bonito, com uma testa careca; e estava sempre tão belamente vestido que mesmo Eustace Bright nunca gostava de colocar-se em sua presença sem pelo menos parar à porta para ajeitar o colarinho. Mas agora, como Primavera segurava uma de suas mãos e Pervinca a outra, ele era forçado a fazer sua aparição com um aspecto um tanto desgrenhado, como se tivesse rolado o dia inteiro pelos bancos de neve. E de fato havia.

O sr. Pringle voltou-se para o estudante com gentileza, mas de tal forma que só o fez sentir quão desalinhado e despenteado estava, assim como desalinhados e despenteados estavam seus pensamentos e mente.

– Eustace – disse o sr. Pringle com um sorriso –, creio que você esteja produzindo grande sensação junto ao pequeno público de Tanglewood, ao exercer seus dons narrativos. Primavera, aqui, como os pequenos decidiram chamá-la, assim como as demais crianças, têm sido tão enfáticas no elogio a suas histórias que a sra. Pringle e eu estamos curiosos para ouvir um exemplo. Para mim, elas seriam ainda mais gratificantes, uma vez que parecem constituir uma tentativa de colocar as fábulas da Antiguidade clássica no idioma da fantasia e do sentimento modernos.

Pelo menos, assim julgo que sejam a partir de umas poucas mostras que chegaram até mim em segunda mão.

– O senhor não é exatamente o tipo de audiência que eu teria escolhido – comentou o estudante – para fantasias dessa natureza.

– Possivelmente não – respondeu o sr. Pringle. – Suspeito, contudo, que o crítico mais útil de um jovem autor é precisamente aquele que este esteja menos propenso a escolher. Por favor, faça-me a gentileza.

– A compaixão, penso eu, deveria ter uma pequena participação no veredicto da crítica – murmurou Eustace Bright. – De qualquer maneira, senhor, se tiver paciência, encontrarei uma história. Apenas seja gentil o bastante para lembrar que estou me dirigindo à imaginação e ao entendimento das crianças, não ao seu.

Assim, o estudante agarrou o primeiro tema que se lhe apresentou. Fora sugerido por uma bandeja de maçãs que acabou por ver sobre o consolo da lareira.

As três maçãs douradas

VOCÊS JÁ OUVIRAM FALAR das maçãs douradas, que cresciam no jardim das Hespérides? Ah, maçãs como aquelas valeriam um bom dinheiro, por quilo, se qualquer uma delas se pudesse encontrar crescendo nos pomares de hoje em dia! Mas não existe, penso eu, muda dessa maravilhosa fruta numa só árvore deste mundo. Nem mesmo uma semente daquelas maçãs ainda existe.

E, mesmo nos tempos mais antigos e quase esquecidos, antes de o jardim das Hespérides ser coberto de mato, um grande número de pessoas duvidou da existência dessas árvores que carregavam maçãs de ouro sólido em seus galhos. Todos tinham ouvido falar delas, mas ninguém se lembrava de tê-las visto. As crianças, contudo, costumavam escutar, boquiabertas, as histórias da macieira dourada, e resolveram descobri-la quando crescessem. Jovens aventureiros, desejosos de realizar atos de bravura maiores do que os de seus colegas, colocaram-se em busca dessa fruta. Muitos jamais retornaram; nenhum deles trouxe as maçãs. Não surpreende que eles tenham achado impossível reuni-las! Reza a lenda que havia um dragão atrás da árvore, com uma centena de terríveis cabeças, cinquenta das quais sempre vigilantes, enquanto as outras cinquenta dormiam.

Em minha opinião, não valia a pena correr tanto risco por causa de uma maçã de ouro sólido. Fossem as maçãs saborosas, doces e suculentas, aí seria outra história. Haveria pelo menos algum sentido em chegar até elas, apesar do dragão de cem cabeças.

Mas, como já lhes disse, era bastante comum entre os jovens, quando cansados de muita paz e descanso, sair em busca do jardim das Hespérides. E uma vez a aventura foi levada a cabo por um herói que tinha desfrutado de muito pouca paz e descanso desde que viera ao mundo. Na época sobre a qual vou falar, ele vagava pela agradável terra da Itália com uma poderosa clava nas mãos e um arco e uma aljava atravessando-lhe o ombro. Cobria-se com a pele do maior e mais feroz leão já visto, e que ele próprio matara; e embora, no todo, fosse generoso e nobre, havia uma boa dose do ímpeto do leão em seu coração. Enquanto seguia seu rumo, perguntava-se continuamente se aquele era o caminho correto para o famoso jardim. Mas ninguém sabia dizer qualquer coisa sobre o assunto, e muitos olhavam como quem teria dado risada da pergunta, se o estranho não carregasse consigo uma clava tão grande.

Assim ele seguiu, sempre fazendo a mesma pergunta, até que, por fim, chegou às margens de um rio onde algumas belas jovens entrelaçavam guirlandas de flores.

– Poderiam me dizer, belas donzelas – perguntou o estranho –, se esse é o caminho certo para o jardim das Hespérides?

As jovens estavam se divertindo bastante juntas, entrelaçando as flores em guirlandas e coroando as cabeças umas das outras. E parecia haver uma espécie de mágica no toque de seus dedos, que faziam as flores mais vivas e frescas e de cores mais vibrantes e de fragrância mais doce enquanto brincavam com elas do que quando estavam crescendo de seus talos nativos. Mas, ao escutar a pergunta do estranho, elas deixaram cair todas as flores na grama e olharam para ele com surpresa.

– O jardim das Hespérides! – exclamou uma delas. – Pensávamos que os mortais já tinham se cansado de procurá-lo, depois de tanta frustração. E, por favor, estranho aventureiro, o que você deseja por lá?

– Certo rei, que é meu primo – respondeu ele –, pediu-me que colhesse para ele três das maçãs douradas.

– A maioria dos jovens que sai em busca dessas maçãs – observou uma das donzelas – as deseja obter para si mesmos ou para presenteálas a alguma bela donzela que amam. Você ama esse rei, que é seu primo, tanto assim?

– Talvez não – respondeu o estranho, suspirando. – Ele muitas vezes foi severo e cruel comigo. Mas é meu destino obedecer-lhe.

– E você sabe – perguntou a donzela que tinha feito a primeira pergunta – que um terrível dragão, com cem cabeças, mantém vigília sob a macieira dourada?

– Sei bem – respondeu o estranho, calmamente. – Mas, desde o berço, tem sido minha vida, e praticamente meu passatempo, lidar com serpentes e dragões.

As jovens olharam para sua imensa clava e para o couro peludo do leão que ele vestia, assim como para seu porte e membros heroicos; e sussurraram uma à outra que o estranho parecia ser daquele tipo bem capaz de produzir feitos muito superiores aos de outros homens. Mas, então, o dragão de cem cabeças! Que mortal, mesmo que possuísse cem vidas, poderia escapar das presas de um monstro desses? Tão bondosas eram as donzelas que elas não aguentavam ver esse corajoso e belo viajante tentar algo tão perigoso e dedicar-se, muito provavelmente, a se tornar refeição das cem bocas vorazes do dragão.

– Volte – todas elas exclamaram –, volte para casa! Sua mãe, vendo-o a salvo e com saúde, vai chorar lágrimas de alegria; e o que mais ela pode fazer, caso você venha a obter tão grande vitória? Esqueça as maçãs douradas! Esqueça o rei, seu primo cruel! Não queremos que o dragão de cem cabeças o coma inteiro!

O estranho começou a se irritar com essas manifestações. Sem se preocupar, ele ergueu sua poderosa clava e a deixou cair sobre uma pedra meio enterrada na terra, próxima a ele. Com a força desse golpe despretensioso, a grande rocha quebrou-se em pedaços. Para realizar esse feito, digno de gigante, o estranho não empenhara mais força do que uma das donzelas que tocasse o rosto rosado da irmã com uma flor.

– Vocês não acreditam – disse ele, olhando para as donzelas com um sorriso – que tal golpe poderia destruir uma das cem cabeças do dragão?

Hércules e as ninfas

Então ele se sentou na grama e lhes contou a história de sua vida, ou tanto quanto era capaz de lembrar, desde o dia em que fora ninado no escudo de bronze de um guerreiro. Enquanto estivera ali, duas serpentes imensas chegaram deslizando pelo chão e abriram suas horríveis mandíbulas para devorá-lo; e ele, um bebê de poucos meses, agarrara cada uma das violentas cobras em cada um de seus pequenos punhos e as estrangulara.

Quando era apenas um adolescente, matara um enorme leão, quase tão grande quanto aquele cujo enorme e peludo couro ele agora vestia sobre os ombros. Em seguida, travara batalha contra uma espécie horrível de monstro, chamado hidra, que tinha nove cabeças e muitos dentes afiados em todas elas.

— Mas o dragão das Hespérides — comentou uma das donzelas — tem cem cabeças!

— No entanto — respondeu o estranho —, eu preferia lutar com dois dragões como esse do que com uma só hidra. Pois, tão rápido quanto eu cortava uma cabeça, outras duas cresciam em seu lugar; e, além disso, havia uma das cabeças que simplesmente não morria e mordia com muita violência, mesmo muito tempo depois de ser cortada. Então fui obrigado a enterrá-la sob uma pedra, sob a qual deve estar viva, sem dúvida, até hoje. Mas o corpo da hidra, com suas oito outras cabeças, nunca mais vai praticar qualquer mal.

As donzelas, julgando que a história duraria um bom tempo, tinham preparado um repasto de pão e uvas, para que o estranho dele se servisse e, assim, se recobrasse nos intervalos de sua fala. Elas tinham prazer em servi-lo com essa comida simples; e, vez por outra, uma delas colocava uma uva doce nos lábios rosados, temendo que ele se envergonhasse de comer sozinho.

O viajante continuou a contar como caçara um veado muito rápido por doze meses sem cessar, sem sequer parar para tomar um fôlego, e por fim o agarrara pelos chifres e o levara consigo para casa vivo. Ele havia lutado com uma raça muito estranha de pessoas, meio cavalo e meio homem, e as matara todas, sentindo que era seu dever para que essas figuras horríveis jamais pudessem ser vistas novamente. Além de tudo isso, ele se orgulhava muitíssimo de ter limpado um estábulo.

– Você chama isso de um feito maravilhoso? – perguntou uma das jovens, com um sorriso. – Qualquer bobo da região faria o mesmo!

– Se fosse um estábulo comum – respondeu o estranho –, eu não o teria mencionado. Mas era tão imenso que levaria a vida inteira para limpá-lo, se por sorte eu não tivesse pensado em mudar o curso de um rio para dentro de suas porteiras. Isso fez com que fosse bem mais rápido!

Vendo quão seriamente sua linda audiência o ouvia, em seguida ele lhes contou como tinha acertado alguns pássaros monstruosos e capturado um touro selvagem vivo para depois soltá-lo, e domado muitos cavalos selvagens e derrotado Hipólita, a rainha guerreira das amazonas. Ele mencionou também ter ficado com a guirlanda encantada de Hipólita e a dado de presente para a filha de seu primo, o rei.

– Era a guirlanda de Vênus – perguntou a mais bela das donzelas –, que torna as mulheres belas?

– Não – respondeu o estranho. – Ela primeiro tinha servido de cinto para a espada de Marte; e só fazia com que quem a usasse ficasse mais valente e intrépido.

– Um antigo cinto para espada! – exclamou a donzela, lançando a cabeça para trás. – Então eu não me preocuparia em tê-lo!

– Você está certa – disse o estranho.

Seguindo com sua maravilhosa narrativa, ele disse às donzelas que uma das mais estranhas de suas aventuras foi quando lutou com Gerião, o homem de seis pernas. Era um tipo muito estranho e assustador, como vocês podem imaginar. Qualquer pessoa, olhando para seu rastro na areia ou na neve, imaginaria que se tratava de três amigos caminhando juntos, socialmente. Ao escutar seus passos a uma pequena distância, não se julgaria menos que razoável que se tratasse de muitas pessoas chegando. Mas era apenas o estranho Gerião caminhando no tropel de suas seis pernas!

Seis pernas, e um corpo gigante! Decerto, devia parecer um monstro bem estranho; e, meu Deus, que gasto de sola!

Quando terminou o relato de suas aventuras, o estranho olhou para os rostos atentos das donzelas.

– Talvez vocês tenham ouvido falar de mim antes – disse ele, modestamente. – Meu nome é Hércules!

– Nós já tínhamos suspeitado – responderam elas –, pois seus feitos fantásticos são conhecidos em todo o mundo. Já não achamos estranho que você saia em busca das maçãs douradas das Hespérides. Venham, irmãs, vamos coroar o herói com flores!

Elas então lançaram belas guirlandas sobre a cabeça majestática e os poderosos ombros de Hércules, de modo que a pele de leão estava quase inteiramente coberta de rosas. Elas pegaram sua enorme clava e envolveram-na com os mais delicados botões, perfumados e luzentes, de tal forma que nem sequer um dedo de sua madeira se pudesse ver. Ela parecia integralmente um enorme buquê de flores. Por fim, elas uniram as mãos e dançaram a seu redor, cantando palavras que se tornavam poesia espontaneamente e cresciam num canto coral em honra do ilustre Hércules.

E Hércules sentia-se feliz, como qualquer outro herói teria se sentido, por saber que aquelas belas meninas tinham ouvido sobre seus feitos valorosos, que lhe haviam custado tanto trabalho e perigo. De qualquer forma, porém, ele não estava satisfeito. Não era capaz de pensar que tudo que fizera até então fosse digno de tanta honra, enquanto ainda existisse qualquer aventura difícil ou perigosa para ser levada a cabo.

– Queridas donzelas – disse ele, quando parou para tomar ar –, agora que sabem meu nome, não me contarão como chego ao jardim das Hespérides?

– Ah, mas você precisa ir nesse minuto? – disseram elas. – Você, que tem produzido tantas maravilhas e viveu uma vida de tantos trabalhos, não pode se satisfazer com um pouco de repouso às margens deste tão pacífico rio?

Hércules balançou a cabeça.

– Preciso partir agora – disse ele.

– Daremos as melhores indicações que pudermos – responderam as donzelas. – Você precisa se dirigir ao mar, encontrar o Velho e obrigá-lo a dizer onde se encontram as maçãs douradas.

– O Velho! – repetiu Hércules, rindo do nome. – E, por favor, quem seria esse Velho?

– Ora, o Velho do Mar, claro! – respondeu uma das donzelas. – Ele tem cinquenta filhas, que alguns dizem ser lindas; mas não consideramos apropriado entrar em contato com elas, porque elas têm cabelo verde da cor do mar e afilam nas pernas como peixes. Você precisa conversar com esse Velho do Mar. É um sujeito conhecedor dos oceanos e sabe sobre o jardim das Hespérides, pois este fica numa ilha que ele muitas vezes tem o hábito de visitar.

Hércules então perguntou onde seria mais provável encontrar o Velho. Quando as donzelas lhe informaram, ele agradeceu a elas por sua gentileza – pelo pão e pelas uvas com que o alimentaram, pelas lindas flores com que o coroaram e pelas canções e danças com que lhe fizeram honras – e agradeceu, sobretudo, por lhe contarem o caminho correto – e imediatamente pôs-se em movimento.

Mas, antes que estivesse longe de seu alcance, uma das donzelas foi atrás dele.

– Segure bem o Velho quando pegá-lo! – ela exclamou, sorrindo e levantando o indicador para dar mais ênfase ao conselho. – Não se surpreenda com o que quer que possa acontecer. Apenas o segure bem, e ele vai lhe dizer o caminho que você quer tomar.

Hércules agradeceu-lhe e seguiu seu rumo, enquanto as donzelas retomaram seu agradável trabalho de produzir guirlandas de flores. Elas falaram sobre o herói muito depois de ele ter partido.

– Vamos coroá-lo com as mais belas de nossas guirlandas – disseram elas – quando ele retornar com as três maçãs de ouro, depois de matar o dragão de cem cabeças.

Enquanto isso, Hércules seguiu por colinas e vales e através dos bosques solitários. Às vezes balançava ao alto sua clava e destruía um carvalho poderoso com um só golpe. Sua mente estava tão cheia de monstros e gigantes contra os quais o negócio de sua vida era lutar que talvez ele confundisse essas grandes árvores com algum deles. E tão ansioso estava Hércules por realizar o que tomara para si que quase lamentou ter passado tanto tempo com as donzelas, desperdiçando inutilmente seu fôlego com a história de suas aventuras. Mas assim é, sempre, com as pessoas que estão destinadas aos grandes feitos. O que já fizeram parece menos que nada. O que tomaram em mãos para fazer parece valer o trabalho, o perigo e a própria vida.

Pessoas que por acaso estivessem passando pela floresta devem ter ficado com medo de vê-lo destruir as árvores com sua grande clava. Mas, com um único golpe, o tronco era destroçado como pela ação de um raio, e os grandes galhos desciam farfalhando e se rompendo.

Apressando-se, sem pausa e sem olhar para trás, ele aos poucos passou a ouvir o ronco do mar à distância. Ao escutá-lo, aumentou a velocidade e logo chegou a uma praia, onde as grandes ondas quebravam sobre a areia dura, numa longa linha de espuma branca como neve. Numa das pontas da praia, porém, havia um agradável lugar onde arbustos verdes subiam por uma colina, fazendo sua face rochosa parecer suave e bela. Um carpete verdejante, bastante misturado ao trevo de aroma tão doce, cobria o espaço estreito entre o fim da ravina e o mar. E o que Hércules via ali, senão um velho dormindo profundamente!

Mas era realmente um velho? Decerto, à primeira vista, parecia-se muito com um; mas, depois de um exame mais detido, mais parecia algum tipo de criatura que vivia no mar. Pois em seus braços e pernas havia escamas, como as dos peixes; e ele tinha pés e dedos urdidos como os de um pato; e sua barba longa, de tom esverdeado, mais lembrava um tufo de alga marinha do que uma barba comum. Vocês já viram uma tábua de madeira que há muito tempo se lançou ao mar, ficou cheia de cracas e, por fim, chegou à praia como se tivesse sido expelida pelas próprias profundezas do oceano? Ora, o velho suscitava em sua mente a mesma verga levada pelas ondas! Mas Hércules, no instante em que pôs os olhos nessa estranha figura, convenceu-se de que não podia ser outro senão o Velho, que deveria orientá-lo em seu caminho.

Sim, era o mesmo Velho do Mar de quem as donzelas hospitaleiras haviam falado. Agradecendo aos céus pela coincidência feliz de encontrar o velho dormindo, Hércules caminhou na ponta dos pés em sua direção e pegou-o pelo braço e pela perna.

– Diga-me – exclamou ele, antes mesmo que o Velho estivesse bem acordado –, qual é o caminho para o jardim das Hespérides?

Como você pode facilmente imaginar, o Velho do Mar acordou assustado. Mas sua surpresa não pode ter sido maior que a de Hércules no instante seguinte. Pois, de repente, o Velho pareceu desaparecer de suas mãos, e ele se viu segurando um veado pelas patas traseira e dianteira! No entanto, ele ainda o manteve em mãos. Em seguida, o veado desapareceu, e em seu lugar surgiu uma gaivota, agitada e aos gritos, enquanto Hércules a agarrava pela asa e pela garra! Mas o pássaro não conseguia desvencilhar-se. Imediatamente depois, surgiu um cachorro horrível de três cabeças, que latia e rosnava para Hércules e mordeu violentamente as mãos que o seguravam! Mas Hércules não o deixou. No minuto seguinte, em vez do cão de três cabeças, quem foi que apareceu, senão Gerião, o homem-monstro de seis pernas, chutando Hércules com cinco delas, para colocar a sexta em liberdade! Hércules, porém, não o soltou. Por fim, não era mais Gerião que estava lá, mas uma cobra imensa, como uma daquelas que Hércules matara em sua infância, apenas cem vezes maior; e ela se contorcia e envolvia o corpo e o pescoço do herói, e lançava seu rabo ao ar e abria suas mandíbulas mortais como se o fosse devorar – realmente, um terrível espetáculo! Mas Hércules não estava minimamente assustado e apertou a grande cobra com tanta força que ela logo começou a sibilar de dor.

Vocês precisam compreender que o Velho do Mar, embora quase sempre se parecesse mais com a figura de proa de um navio castigado

Hércules e o Velho do Mar

pelas ondas, tinha o poder de assumir qualquer forma que desejasse. Quando se viu tão duramente preso por Hércules, ele teve a esperança de assustá-lo e surpreendê-lo com essas transformações mágicas de tal forma que o herói ficasse feliz de deixá-lo partir. Se Hércules tivesse relaxado suas mãos e braços, o Velho certamente teria mergulhado nas profundezas do mar, de onde não se daria o trabalho de retornar tão cedo para responder qualquer pergunta impertinente. Nove entre dez pessoas, penso eu, teriam ficado absolutamente aterrorizadas com a primeira de suas figuras e dado no pé na mesma hora. Pois uma das coisas mais difíceis neste mundo é ver a diferença entre os perigos reais e os imaginários.

Mas como Hércules o segurava obstinadamente, e apenas o apertava com cada vez mais força a cada mudança de forma, e com efeito lhe impunha não pouca tortura, o Velho finalmente pensou que o melhor seria recobrar sua própria imagem. Então lá estava ele de novo, uma figura escamosa, pisciana, de pés urdidos, com uma espécie de alga marinha presa ao queixo.

– Por favor, o que você quer de mim? – exclamou o Velho, tão logo pôde respirar; pois era bastante cansativo passar por tantas e falsas formas. – Por que me aperta tão forte? Deixe-me ir, agora, ou vou começar a achá-lo bastante mal-educado!

– Meu nome é Hércules! – rugiu o poderoso estranho. – E você nunca vai sair de meus braços e mãos até que me diga qual é o caminho mais próximo para o jardim das Hespérides!

Quando o Velho ouviu o nome de quem o tinha capturado, logo percebeu que seria necessário contar-lhe tudo que quisesse saber. O Velho era um habitante do mar, vocês devem recordar, e vagava por toda parte, como outras gentes do mar. É claro que ele tinha escutado muitas vezes sobre a fama de Hércules, e as coisas maravilhosas que ele fazia o tempo todo em várias partes da terra, e quão determinado ele sempre estava para realizar tudo que se propusesse a fazer. Assim, ele não tentou mais escapar e contou ao herói como encontrar o jardim das Hespérides; do mesmo modo, alertou-o das muitas dificuldades que deveria superar antes de chegar lá.

– Você deve seguir, como estou lhe dizendo – disse o Velho Homem do Mar, depois de tomar os pontos da bússola –, até avistar um gigante muito alto, que segura o céu nos ombros. E o gigante, se estiver de bom humor, vai lhe dizer exatamente onde fica o jardim das Hespérides.

– E se o gigante não estiver de bom humor – observou Hércules, batendo sua clava na ponta dos dedos –, talvez eu encontre meios de convencê-lo!

Agradecendo ao Velho do Mar e pedindo desculpas por tê-lo apertado com tanta força, o herói seguiu em sua jornada. Ele encontrou uma grande variedade de estranhas aventuras, que valeriam bastante a pena serem ouvidas, se eu tivesse tempo de narrá-las tão minuciosamente quanto merecem.

Foi nessa viagem, se não me engano, que ele encontrou um prodigioso gigante, tão maravilhosamente constituído pela natureza que, sempre que tocava a terra, tornava-se dez vezes mais forte do que jamais fora. Seu nome era Anteu. Vocês podem imaginar, sem muito esforço, que era muito difícil lutar com um sujeito desses; pois, sempre que recebia um soco bem dado e ia ao chão, logo se punha de pé, mais forte e violento e capaz de usar suas armas do que se seu inimigo o tivesse deixado em paz. Assim, quanto mais forte Hércules o acertava com sua clava, mais distante ele parecia da vitória. Algumas vezes argumentei com pessoas assim, mas nunca lutei com uma. A única forma que Hércules viu de acabar com a luta foi erguendo Anteu do chão e apertando-o muito, mas muito mesmo, até que, finalmente, esvaiu-se quase toda a força de seu enorme corpo.

Quando essa situação se resolveu, Hércules prosseguiu em suas viagens e foi às terras do Egito. Lá, foi tomado prisioneiro e teria sido executado, não tivesse liquidado o rei do país e fugido. Atravessando os desertos da África e seguindo tão rápido quanto podia, chegou por fim à costa do grande oceano. E ali, a não ser que fosse capaz de caminhar sobre a crista das ondas, pareceu-lhe que sua viagem necessariamente devia chegar a um fim.

Nada havia diante dele, exceto o oceano espumoso, vivo, desmedido. Mas, de repente, como olhasse na direção do horizonte, ele viu algo bem distante, que não vira no momento anterior. Era algo que brilhava muito, quase como se vocês mirassem o disco dourado e redondo do sol no momento em que ele surge ou se põe no limiar do mundo. Evidentemente, o maravilhoso objeto ficava sempre mais próximo; pois, a todo instante, se tornava maior e mais luminoso. Por fim, ele estava tão próximo que Hércules descobriu se tratar de uma imensa taça ou tigela, feita ou de ouro ou de bronze polido. Como ela tinha flutuado pelo oceano é mais do que posso contar-lhes. Lá ela estava, de qualquer forma, vogando sobre um mar agitado que a fazia subir e descer e lançava cristas espumosas contra as laterais, mas sem nunca cobrir de água suas bordas.

"Já vi muitos gigantes na vida", pensou Hércules, "mas nunca um que precisasse tomar vinho numa taça como essa!"

E, de fato, que taça devia ser aquela! Era imensa – tão imensa –, mas, em resumo, tenho medo de dizer quão imensuravelmente grande ela era. Para dar uma ideia, era dez vezes maior do que a roda de um moinho enorme; e, ainda que feita de metal, flutuava sobre os vagalhões mais levemente do que uma casca de noz pelo riacho. As ondas a empurraram até que tocou a praia a uma curta distância do lugar em que Hércules estava.

Tão logo isso aconteceu, ele sabia o que devia ser feito; pois não tinha passado por tantas e notáveis aventuras sem aprender muito bem o que fazer sempre que qualquer coisa acabasse por ultrapassar os limites do costumeiro. Era tão evidente quanto a luz do dia que essa maravilhosa taça tinha sido posta à deriva por algum poder desconhecido e guiada até ali para levar Hércules ao longo do mar em seu caminho para o jardim das Hespérides. Assim, sem um instante de atraso, ele saltou sobre as bordas da taça e escorregou para dentro, onde, esticando sua pele de leão, decidiu descansar um pouco. Ele mal descansara, até aqui, desde que dera adeus às donzelas às margens do rio. As ondas marulhavam, com um som agradável, contra a circunferência da taça vazia; esta balançava levemente de um lado para outro, e o movimento era tão agradável que rapidamente acalentou Hércules num sono tranquilo.

Seu cochilo tinha durado um bom tempo, quando a taça por acaso tocou uma pedra e, assim, imediatamente, ressoou e reverberou através de sua substância de ouro ou bronze, cem vezes mais alta do que qualquer sino de igreja que vocês conheçam. O barulho acordou Hércules, que no mesmo instante se levantou e olhou ao redor, imaginando onde estava. Não demorou para descobrir que a taça tinha flutuado por uma boa distância no mar e se aproximava da costa do que parecia ser uma ilha. E, naquela ilha, o que vocês acham que ele viu?

Não; vocês nunca vão descobrir, nem se tentarem cinquenta mil vezes! Não tenho dúvida de que esse foi o mais incrível espetáculo que Hércules viu em sua vida no decorrer de suas maravilhosas viagens e aventuras. Era uma maravilha mais incrível do que a hidra de nove cabeças, que as fazia crescer duas vezes mais rápido do que eram cortadas; maior do que o homem-monstro de seis pernas; maior do que Anteu; maior do que qualquer coisa jamais vista por quem quer que fosse, antes ou depois dos dias de Hércules ou de qualquer coisa que ainda hoje exista para ser vista por viajantes de todos os tempos por vir. Era um gigante!

Mas que gigante imenso! Um gigante tão grande quanto uma montanha; um gigante tão imenso que as nuvens flutuavam à altura de sua cintura, como um cinto, e desciam como uma barba gris de seu queixo e pairavam diante de seus olhos imensos, de modo que ele não conseguia nem discernir Hércules nem a taça dourada em que ele viajara. E – o mais maravilhoso de tudo – o gigante tinha as mãos enormes para cima e parecia sustentar o céu, que, tanto quanto Hércules era capaz de ver, repousava sobre sua cabeça! Isso realmente parece demais para ser verdade.

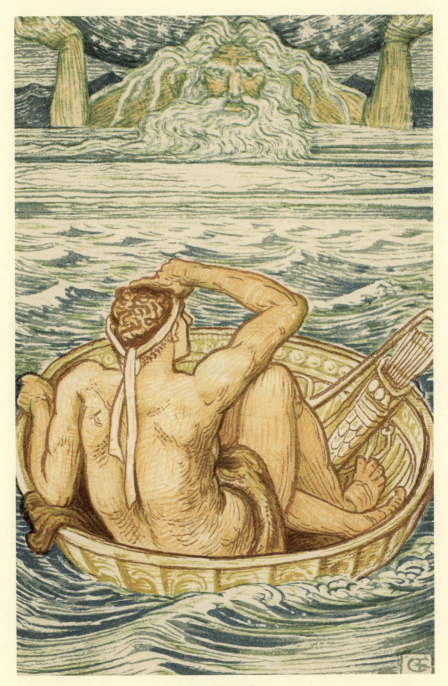

Hércules e Atlas

Enquanto isso, a taça brilhante continuou a flutuar e finalmente chegou à praia. Só então uma brisa soprou as nuvens do rosto do gigante, e Hércules o viu, com todas as suas enormes feições; os olhos tão grandes quanto aquele lago ali, um nariz de um quilômetro e meio de extensão e uma boca do mesmo tamanho. Era um rosto terrível, devido à enormidade de seu tamanho, mas desconsolado e cansado, como vocês podem ver os rostos de muitas pessoas, hoje em dia, que são obrigadas a carregar fardos para além de suas forças. O céu estava para o gigante assim como as preocupações terrenas estão para aqueles que se deixam esmagar por elas. E sempre que os homens tomam para si o que está para além da justa medida de suas forças, deparam-se precisamente com tal derrocada, como a que recaiu sobre esse pobre gigante.

Pobre sujeito! Era óbvio que ele estava ali havia um bom tempo. Uma floresta antiga crescia e morria em torno de seus pés; e os carvalhos, de seis ou sete séculos de idade, tinham brotado e se erguido por entre seus dedos.

O gigante agora olhava para baixo, da grande altura de seus olhos imensos, e, percebendo Hércules, roncou, numa voz que mais parecia um trovão, saído da nuvem que acabava de deixar seu rosto.

– Quem é você, aí aos meus pés? De onde você vem, nessa tacinha?

– Sou Hércules! – gritou de volta o herói, numa voz quase ou tão alta quanto a do gigante. – E estou procurando o jardim das Hespérides!

– Ho! Ho! Ho! – roncou o gigante, num acesso de riso imenso. – Essa é uma aventura bastante sábia, sem dúvida!

– E por que não seria? – exclamou Hércules, ficando um pouco nervoso diante da alegria do gigante. – Você acha que tenho medo do dragão de cem cabeças?

Nesse momento, enquanto eles conversavam, nuvens negras se formaram na cintura do gigante e explodiram numa imensa tempestade de trovões e raios, causando tamanho distúrbio que era impossível para Hércules distinguir uma só palavra. Apenas as pernas incomensuráveis do gigante eram visíveis, verticais na obscuridade da tempestade;

e, vez por outra, tinha-se um vislumbre de sua figura inteira, envolta numa massa de névoa. Ele parecia falar, boa parte do tempo; mas sua voz imensa, rouca e profunda, misturava-se às reverberações dos trovões e, como eles, rolava pelos montes. Assim, falando num momento impróprio, o gigante bobo gastava uma quantidade incalculável de ar para nada; pois o trovão falava quase tão inteligivelmente quanto ele.

Por fim, a tempestade se foi tão subitamente quanto chegara. E ali estava mais uma vez o céu limpo, e o gigante cansado o sustentando, e a agradável luz do sol brilhou acima de sua vasta altura e iluminando-a contra o fundo das nuvens carregadas e elétricas. À distância, acima da chuva, estava sua cabeça, sem que nenhum fio de cabelo estivesse úmido!

Quando o gigante conseguiu ver Hércules ainda na praia, voltou a roncar para ele.

– Eu sou Atlas, o mais poderoso gigante do mundo! E seguro o céu sobre a cabeça!

– Estou vendo – respondeu Hércules. – Mas você pode me indicar o caminho que leva ao jardim das Hespérides?

– O que você quer lá? – perguntou o gigante.

– Quero três maçãs de ouro – gritou Hércules – para meu primo, o rei.

– Ninguém mais, além de mim – retrucou o gigante –, pode ir ao jardim das Hespérides e colher as maçãs douradas. Não fosse por esse pequeno incômodo de segurar o céu, eu poderia dar uma meia dúzia de passos aqui no oceano e consegui-las para você.

– Você é muito gentil – respondeu Hércules. – Não pode encostar o céu numa montanha?

– Nenhuma delas é alta o bastante – disse Atlas, balançando a cabeça. – Mas, se você ficar de pé no topo dessa mais próxima, sua cabeça ficará mais ou menos no nível da minha. Você parece um sujeito com alguma força. E se ficasse com o meu fardo nos ombros enquanto eu vou até lá para você?

Hércules, como vocês devem se lembrar, era um sujeito bem forte; e embora fosse necessária bastante força muscular para segurar o céu, se havia um mortal supostamente capaz de fazer isso, ele era o mais indicado. No entanto, parecia tão difícil fazer aquilo que, pela primeira vez na vida, ele hesitou.

– O céu é muito pesado? – perguntou ele.

– Ora, não muito, a princípio – respondeu o gigante, dando de ombros. – Mas começa a ficar meio incômodo depois de milhares de anos!

– E quanto tempo – perguntou o herói – você leva para pegar as maçãs douradas?

– Ah, isso eu faço rapidinho – respondeu Atlas. – Percorro quinze ou vinte quilômetros a cada passo e vou e volto do jardim antes que seus ombros comecem a doer.

– Pois bem, então – respondeu Hércules. – Vou escalar a montanha atrás de você e aliviá-lo de seu fardo.

A verdade é que Hércules tinha um coração gentil e considerava estar fazendo ao gigante um grande favor, dando-lhe essa oportunidade de dar uma volta. E, além disso, ele pensou que faria ainda mais bem a sua glória se ele pudesse se vangloriar de ter segurado o céu, em vez de fazer algo tão ordinário quanto derrotar um dragão de cem cabeças. Assim, sem mais palavras, os ombros de Atlas aliviaram-se do céu, que foi colocado sobre os de Hércules.

Quando isso foi feito com segurança, a primeira coisa que o gigante fez foi se esticar; e vocês podem imaginar que prodigioso espetáculo foi aquele. Em seguida, ele lentamente ergueu um de seus pés da floresta que crescera a seu redor, depois o outro. Então, de uma só vez, ele começou a saltar, brincar e dançar, feliz com sua liberdade; pulando no ar a uma altura que ninguém era capaz de medir e descendo ao chão com uma força que fazia toda a terra tremer. Então ele riu – Ho! Ho! Ho! – com um ronco tonitruante que ecoou pelas montanhas, as próximas e as distantes, como se elas e o gigante tivessem sido durante tanto tempo irmãos e amigos. Quando sua felicidade se acalmou um pouco, ele deu um passo no mar; quinze quilômetros na primeira passada, o que o levou a ter a água nas canelas; quinze na segunda, o que o levou a ter água pelos joelhos; e mais quinze na terceira, o que o levou a ter água na altura da cintura. Essa era a maior profundidade do mar.

Hércules observou o gigante à medida que ele caminhava; pois era realmente uma visão maravilhosa a daquela imensa forma humana, a mais de quarenta e cinco quilômetros de distância, parcialmente coberta pelo oceano, mas com sua metade emersa tão alta e azul e nebulosa quanto uma montanha distante. Por fim, as formas gigantes desapareceram totalmente de vista. E agora Hércules começou a considerar o que ele faria caso Atlas se afogasse no mar ou fosse morto pelo dragão de cem cabeças, que guardava as maçãs douradas do jardim das Hespérides. Se qualquer problema ocorresse ao gigante, como ele se livraria do céu? E, ademais, seu peso começava a ficar um pouco aborrecido para sua cabeça e ombros.

– Realmente tenho pena do pobre gigante – pensou Hércules. – Se isso me incomodou tanto em dez minutos, como não deve ser cansativo para ele em milhares de anos!

Ó, meus queridos pequenos, vocês não têm ideia do peso que existe naquele mesmo céu azul, que parece tão etéreo e suave sobre nossas cabeças! E lá, também, estava a violência dos ventos e as nuvens frias e úmidas, e o sol escaldante, cada um a seu turno incomodando Hércules! Ele começou a ficar com medo de o gigante nunca mais voltar. Olhou melancolicamente para o mundo atrás de si e reconheceu que seria um tipo de vida muito mais feliz ser um pastor no pé de uma montanha do que ficar naquele cume vertiginoso e sustentar o céu com todas as suas forças. Pois, é claro, como vocês entenderão, Hércules tinha uma imensa responsabilidade em seus pensamentos, assim como um peso sobre a cabeça e os ombros. Ora, se ele não ficasse perfeitamente quieto e não mantivesse o céu imóvel, o sol talvez ficasse fora do lugar. Ou, depois de cair a noite, um grande número de estrelas poderia se soltar e cair como uma chuva violenta sobre as cabeças das pessoas! E como ficaria constrangido o herói se, devido a sua falta de firmeza sob o peso, o céu se quebrasse e mostrasse uma grande rachadura atravessando-o.

Não sei quanto tempo se passou antes que, para sua indizível alegria, Hércules visse as enormes formas do gigante, como uma nuvem, no distante horizonte do mar. Mais próximo, Atlas ergueu a mão, na qual Hércules pôde ver três maravilhosas maçãs de ouro, grandes como abóboras, todas penduradas num só galho.

– Estou feliz de vê-lo de novo – gritou Hércules, quando o gigante já se encontrava ao alcance de sua voz. – Então você conseguiu as maçãs?

– Claro, claro – respondeu Atlas. – E muito belas. Peguei as mais belas da árvore, eu lhe garanto. Ah! É um lugar lindo, o jardim das Hespérides. Sim, e o dragão de cem cabeças é uma visão digna dos olhos de um homem. Afinal, teria sido melhor que você mesmo tivesse ido pegar as maçãs.

– Não tem problema – respondeu Hércules. – Você deu um agradável passeio e fez o negócio tão bem quanto eu. Agradeço de coração pelo incômodo. E agora, como tenho uma longa jornada pela frente e estou com pressa – e como o rei, meu primo, está ansioso para receber as maçãs –, você faria a gentileza de tirar o céu dos meus ombros novamente?

– Ora, quanto a isso – disse o gigante, lançando as maçãs douradas no ar a uma altura de trinta quilômetros, ou quase isso, e pegando-as quando caíram –, meu bom amigo, eu não o considero muito razoável. Não posso levar as maçãs douradas ao rei, seu primo, muito mais rápido do que você? Como Sua Majestade está com pressa de recebê-las, prometo que darei minhas mais longas passadas. E, além disso, não estou lá com muita vontade de segurar o céu agora.

Hércules ficou nervoso e ergueu os ombros com raiva. Como já era crepúsculo, vocês poderiam ter visto duas ou três estrelas caindo. Todo mundo na terra olhou para o alto com medo, pensando que o céu pudesse cair a qualquer momento.

– Ah, mas assim não dá! – exclamou o gigante Atlas com o trovão de uma grande risada. – Eu não deixei tantas estrelas caírem nesses últimos cinco séculos. Quando você já estiver aí tanto tempo quanto eu fiquei, terá aprendido a ter paciência!

– O quê? – gritou Hércules, irado. – Você pretende me fazer segurar esse fardo para sempre?

– Quanto a isso, veremos – respondeu o gigante. – De qualquer forma, você não vai reclamar se tiver de segurá-lo pelos próximos cem ou talvez duzentos anos. Eu o segurei muito mais tempo, a despeito da dor nas costas. Bem, então, depois de mil anos, se eu sentir vontade, talvez possamos trocar novamente. Você sem dúvida é um homem forte, e jamais terá melhor oportunidade para prová-lo. A posteridade falará de você, tenha certeza disso!

– Ora! Pare com essa conversa mole! – gritou Hércules, com outro erguer de ombros. – Poderia apenas erguer o céu sobre a cabeça por um instante, por favor? Quero fazer uma almofada com minha pele de leão, para acomodar o peso. Realmente me incomoda, e vai me trazer um inconveniente desnecessário se eu ficar aqui por tantos séculos.

– Nada mais justo! – disse o gigante. A bem da verdade, ele não tinha sentimentos ruins em relação a Hércules; só agia com exagerado egoísmo em respeito a seu conforto. – Por apenas cinco minutos, então, voltarei a ficar com o céu. Por apenas cinco minutos, hein? Não tenho nenhuma intenção de passar outros mil anos como passei os últimos. A variedade é o tempero da vida!

Mas que gigante mais burro! Ele deitou as maçãs e recebeu de volta o céu da cabeça e dos ombros de Hércules, colocando-o sobre os seus, como era o certo. E Hércules pegou as três maçãs, que eram tão grandes ou maiores que abóboras, e imediatamente pôs-se no caminho de casa, sem prestar a menor atenção aos gritos tonitruantes do gigante, que urrava para que ele voltasse. Outra floresta ergueu-se ao redor de seus pés, e o gigante ali ficou; e novamente se podem ver os carvalhos de seis ou sete séculos que tanto envelheceram entre seus dedos enormes.

Ali está o gigante até hoje; ou, de qualquer forma, lá está uma montanha tão alta quanto ele e que leva seu nome; e quando o trovão ronca em seu cume, podemos imaginar o que era a voz do gigante Atlas gritando para Hércules!

Lareira de Tanglewood

Depois da história

– Primo Eustace – perguntou Musgo-renda, que estava sentado aos pés do contador da história, com a boca bem aberta –, exatamente quão alto era o gigante?

– Musguinho, Musguinho! – exclamou o estudante. – Você acha que eu estava lá para medi-lo com uma trena? Mas se você quer saber de forma aproximada, acho que ele tinha de quatro a vinte quilômetros de pé e era capaz de sentar-se na Taconic com o monte Monumento servindo-lhe de banqueta para os pés.

– Meu Deus! – exclamou o bom menininho, com um grunhido de satisfação. – Que era um gigante, não resta dúvida! E quão comprido era o seu dedinho?

– Tão comprido quanto a distância de Tanglewood ao lago – disse Eustace.

– É mesmo, era um gigante! – repetiu Musgo-renda, em êxtase diante da precisão dessas medidas. – E quão largos eram os ombros de Hércules?

– Isso é algo que nunca fui capaz de descobrir – respondeu o estudante. – Mas acho que deviam ser bem maiores do que os meus ou os do seu pai ou quaisquer outros ombros que se encontram hoje em dia.

– Minha vontade – sussurrou Musgo-renda com a boca próxima ao ouvido do estudante – é que você me contasse quão grandes eram os carvalhos que cresciam entre os dedos dos pés do gigante.

– Eles eram maiores – disse Eustace – do que as grandes castanheiras que ficam na frente da casa do capitão Smith.

– Eustace – pontuou o sr. Pringle depois de alguma deliberação –, acho impossível expressar qualquer opinião sobre sua história que se aproxime minimamente do elogio. Permita-me aconselhá-lo a nunca mais intervir num mito clássico. Sua imaginação é gótica demais e inevitavelmente goticiza tudo que toca. O efeito é como o de vulgarizar com tinta uma estátua de mármore. Ora, que gigante é esse? Como você ousa lançar sua imensa e desproporcional massa em meio aos belos contornos da fábula grega, cuja tendência é a de reduzir mesmo os mais extravagantes limites internos com sua elegância que tudo invade?

– Descrevi o gigante tal como me pareceu – respondeu o estudante, um tanto irritado. – E, se o senhor se concentrar nessas fábulas como é necessário para remodelá-las, verá que os antigos gregos não tinham mais direito exclusivo a elas do que um ianque moderno. Elas são propriedade comum do mundo e de todos os tempos. Os poetas antigos as remodelaram como quiseram, e elas se mostraram plásticas em suas mãos. Por que deveriam ser menos plásticas nas minhas?

O sr. Pringle não conseguiu conter o riso.

– Além disso – prosseguiu Eustace –, no momento em que você coloca qualquer calor humano, qualquer paixão ou afeto, qualquer moralidade humana ou divina, em molde clássico, você o transforma em algo bastante diverso do que foi antes. Minha opinião é a de que os gregos, ao tomarem para si essas lendas (que são de posse imemorial da humanidade desde seu nascimento) e as colocarem em formas de indestrutível beleza, porém frias e sem coração, fizeram a todas as eras subsequentes um estrago incalculável.

– Que você, sem dúvida, nasceu para remediar – disse o sr. Pringle, rindo-se. – Ora, ora, prossiga; mas aceite meu conselho e jamais coloque nenhuma dessas suas fantasias no papel. Quanto a seu esforço seguinte, que tal se você tentasse uma das lendas de Apolo?

– Ah, senhor, você o propõe como uma impossibilidade – observou o estudante, depois de um momento de meditação. – E decerto, a princípio, a ideia de um Apolo gótico parece no mínimo risível. Mas vou pensar na sua sugestão, e não me darei por vencido.

Durante a discussão acima, as crianças (que não entenderam dela patavinas) ficaram muito sonolentas e foram, então, mandadas para a cama. Seu balbuciar sonolento se escutava, subindo as escadas, enquanto um vento noroeste roncava alto em meio às copas das árvores de Tanglewood e tocava um hino em torno da casa. Eustace Bright voltou ao estúdio e mais uma vez tentou martelar alguns versos, no entanto dormiu entre duas das rimas.

A ÂNFORA MILAGROSA

ENCOSTA DA COLINA

Introdução a "A ânfora milagrosa"

E QUANDO E ONDE VOCÊS acham que encontramos as crianças em seguida? Não mais no inverno, mas no feliz mês de maio. Não mais no quarto de brinquedos ou na lareira de Tanglewood, mas a meio caminho do topo de uma monstruosa colina – ou montanha, como talvez ela ficasse mais feliz que a chamássemos. Elas tinham saído de casa com a grande missão de subir essa alta colina para chegar ao topo de seu cocuruto careca. Claro que não era tão alta quanto o Chimborazo ou o Mont Blanc, e de fato bem mais baixa do que o velho Greylock. Mas, de qualquer forma, era mais alta que mil formigueiros ou um milhão de montinhos de toupeira; e, quando medida pelas passadas curtas das criancinhas, podia ser vista como uma respeitável montanha.

E primo Eustace estava com o grupo? Disso você pode estar certo; de outro modo, como o livro poderia dar um passo além? Ele estava agora em meados do recesso de primavera e tinha basicamente a mesma aparência que víamos nele há quatro ou cinco meses, exceto que, se você olhasse bem atentamente para seu lábio superior, seria capaz de observar um mínimo e curiosíssimo bigode encimando-o. Tirante esse sinal de maturidade, você o consideraria tão menino quanto da primeira vez que o viu. Ele estava muito feliz e brincalhão e bem-humorado, e ágil na cabeça e nos pés, e permanecia igualmente querido dos pequenos. Essa expedição pela montanha foi inteiramente pensada por ele. Por toda a subida da colina até o topo ele encorajara as crianças mais velhas com sua voz alegre; e quando Dente-de-leão, Prímula e Flor de Abóbora ficaram cansadas, ele as carregou com diligência em suas costas, cada uma a sua vez. Desse modo, atravessara os pastos e pomares da parte mais baixa da colina e alcançara a mata, que se estendia dali em direção ao topo desmatado.

O mês de maio, até então, fora mais amigável do que muitas vezes é, e esse foi um dia mais doce e agradável do que o coração de um homem ou criança poderia desejar. Em seu progresso colina acima, os pequenos tinham encontrado muitas violetas, azuis e brancas, algumas tão douradas como se tivessem conhecido o toque de Midas. As flores mais sociáveis, as pequenas marias-sem-vergonha, eram muito abundantes. É uma flor que nunca vive sozinha e ama suas iguais e sempre gosta de viver com muitos amigos e parentes a seu redor. Às vezes você vê uma família delas, cobrindo um espaço não muito maior do que a palma de sua mão; e às vezes uma grande comunidade, espalhada por todo o espaço do pasto e formada de membros muito queridos uns dos outros.

No limite do bosque havia as aquilégias, parecendo mais pálidas que vermelhas, pois eram muito modestas e tinham pensado ser mais apropriado esconder-se ansiosamente do sol. Havia também gerânios selvagens e milhares de botões brancos do morangueiro. Os medronhos ainda não estavam em flor, e escondiam seus botões preciosos sob as velhas folhas caídas da floresta no ano anterior, e tão cuidadosamente quanto uma passarinha guarda seus filhotes. Ela sabia, suponho, como eram belos e perfumados. Tão astucioso era seu esconderijo que as crianças às vezes sentiam a delicada riqueza de seu perfume antes que fossem capazes de adivinhar de onde vinha.

Em meio a tanta nova vida, era estranho e realmente triste de se ver, aqui e ali, nos campos e pastos, as velhas perucas de dentes-de-leão que tinham crescido para dar sementes. Eles tinham vivido o verão antes de o verão chegar. Dentro dessas pequenas esferas de sementes aladas já era outono!

Bem, mas não podemos desperdiçar nossas valiosas páginas com mais conversa sobre a primavera e flores silvestres. Há algo, sabemos, mais interessante a se tratar. Se você olhar para o grupo de crianças, há de vê-las todas reunidas em torno de Eustace Bright, que, sentado no toco de uma árvore, parece começar neste instante a contar uma história. O fato é que a parte mais jovem da tropa tinha descoberto que eram necessários muitos de seus pequeninos passos para completar o longo percurso da subida. Primo Eustace, portanto, decidiu deixar Musgo-renda, Prímula, Flor de Abóbora e Dente-de-leão naquele ponto, a meio do caminho, até o retorno do resto do grupo, que fora ao topo. E porque eles reclamaram um pouquinho e não queriam ficar para trás, ele lhes deu algumas das maçãs guardadas em seu bolso e lhes propôs contar uma história muito bonita. Eles imediatamente se alegraram e mudaram seus olhares de agravo para os mais amplos sorrisos.

Quanto à história, eu estava lá para ouvi-la, escondido atrás de um arbusto, e a contarei para vocês nas páginas que se seguem.

A ÂNFORA MILAGROSA

Certa noite, muito tempo atrás, o velho Filêmon e sua velha mulher, Baucis, estavam sentados à porta de sua cabana, desfrutando do calmo e belo pôr do sol. Eles já tinham comido seu jantar frugal e pretendiam então passar uma ou duas horas tranquilas antes de dormir. Assim, conversavam sobre seu jardim, sua vaca, suas abelhas e sua vinha, que subia pelas paredes da cabana e cujas bagas começavam a ficar púrpura. Mas os gritos violentos das crianças e o latir feroz dos cães, no vilarejo próximo, ficavam cada vez mais altos até que, por fim, mal era possível para o casal ouvir um ao outro.

– Ai, mulher – exclamou Filêmon –, acho que um pobre viajante está procurando hospitalidade entre nossos vizinhos, e, em vez de lhe darem comida e abrigo, soltaram contra ele os cachorros, como de costume!

– Que pena! – respondeu a velha Baucis. – Gostaria que nossos vizinhos sentissem um pouco mais de bondade por seus iguais. E só de pensar que criam seus filhos dessa forma horrível e lhes dão tapinhas na cabeça quando lançam pedras em estranhos!

– Essas crianças jamais vão dar em algo de bom – disse Filêmon, balançando a cabeça branca. – Para dizer a verdade, mulher, eu não me surpreenderia se alguma coisa terrível acontecesse com todas as pessoas no vilarejo, a menos que elas mudem seus modos. Mas, quanto a mim e a você, enquanto a Providência nos der um pedaço de pão, estejamos prontos a dar metade a qualquer pobre estranho desabrigado que porventura surgir e dele necessitar.

Filêmon e Baucis

– Está certo, meu homem! – disse Baucis. – Que assim seja!

Esses velhos, saibam disso, eram muito pobres e tinham de trabalhar bastante para viver. O velho Filêmon labutava diligentemente em seu jardim, enquanto Baucis estava sempre cansada em sua roca, produzindo um pouco de manteiga e queijo do leite de sua vaca ou fazendo uma coisa ou outra pela cabana. Sua comida raramente era mais do que pão, leite e vegetais, às vezes com um pouco de mel da colmeia e, vez por outra, um cacho de uvas que crescia contra a parede da cabana. Mas eles eram dois dos mais generosos velhinhos do mundo, e teriam alegremente disposto de seu jantar, qualquer dia que fosse, antes de recusar uma fatia de pão de centeio, um copo de leite fresco e uma colher de mel ao viajante cansado que pudesse parar a sua porta. Eles sentiam como se tais visitantes tivessem uma espécie de santidade e, portanto, os tratavam melhor e mais generosamente do que a si mesmos.

Sua cabana ficava num espaço elevado, a uma pequena distância de uma vila situada num vale vazio, de mais ou menos um quilômetro de extensão. Esse vale, no passado, quando o mundo era novo, fora muito provavelmente o leito de um lago. Ali, peixes tinham nadado de um lado para outro nas profundezas, algas haviam crescido ao longo das margens e árvores e colinas tinham visto sua imagem refletida em seu pacífico e amplo espelho. Mas, como as águas desceram, os homens cultivaram o solo e construíram casas sobre ele de modo que, então, ele era um espaço fértil e não trazia indícios do velho lago, exceto por um pequeno córrego, que serpenteava pelo meio do vilarejo e supria os habitantes de água. O vale tinha sido terra seca por tanto tempo que os carvalhos haviam nascido e crescido fortes e altos e morrido de velhos, sendo sucedidos por outros tão altos e majestosos quanto os primeiros. Nunca houve um vale mais bonito ou frutífero. A própria vista da abundância ao seu redor devia ter feito os habitantes gentis e bons e prontos a mostrar sua gratidão à Providência fazendo o bem para seus iguais.

Mas, sinto muito por dizê-lo, as pessoas desse agradabilíssimo vilarejo não mereciam viver num lugar ao qual o céu sorrira com tanta benevolência. Eram um tipo bastante insensível e egoísta de gente e não tinham qualquer pena dos pobres, nem compaixão pelos desabrigados. Teriam rido se alguém lhes tivesse dito que os seres humanos têm uma dívida de amor uns para com os outros, pois não há outro modo de pagar a dívida de amor e carinho que todos devemos à Providência. Vocês não vão acreditar no que vou dizer. Essa gente má ensinava seus filhos a não serem melhores do que eles próprios e costumavam bater palmas, em sinal de incentivo, quando viam seus menininhos e menininhas correndo atrás de algum pobre estranho, gritando em seus calcanhares e acertando-o com pedras. Eles tinham cães grandes e violentos, e sempre que um viajante se aventurava a mostrar-se na rua do vilarejo, esse bando de animais desagradáveis corria para encontrá-lo, latindo, rosnando e mostrando os dentes. Então o pegavam pelas pernas ou roupas, o que alcançassem primeiro; e se ao chegar ele estivesse em andrajos, tornava-se geralmente um objeto digno de pena antes que tivesse tempo de fugir. Era uma coisa muito terrível para os pobres viajantes, como vocês podem imaginar, sobretudo quando eles por acaso estavam doentes ou fracos ou alquebrados ou eram velhos. Tais pessoas (se apenas soubessem como essa gente cruel e seus filhos e cães cruéis se comportavam mal) viajariam quilômetros e mais quilômetros para longe de seu caminho em vez de tentar passar pelo vilarejo novamente.

O que fazia a coisa parecer ainda pior, como se fosse possível, era que quando as pessoas ricas vinham em suas charretes ou cavalgando em seus belos cavalos, com seus criados em belos uniformes a cuidar dos animais, ninguém poderia parecer mais civil e obsequioso do que os habitantes do vilarejo. Eles tiravam os chapéus e curvavam-se da forma mais humilde que vocês jamais viram. Se as crianças fossem rudes, era quase certo que ganhassem tapas nas orelhas; e, quanto aos cães, se um só vira-lata do bando ousasse latir, seu senhor na mesma hora o acertava com um porrete e o amarrava, deixando-o sem comida. Isso apenas provava que os habitantes do vilarejo importavam-se muito com o dinheiro que um estranho trazia no bolso e nada com a alma humana, que vive igualmente no mendigo e no príncipe.

Então agora vocês entendem por que o velho Filêmon falou com tanta dor no coração quando escutou os gritos das crianças e o latir dos cães no mais distante extremo da rua do vilarejo. Fez-se uma confusão de barulhos que durou um bom tempo e pareceu atravessar toda a extensão do vale.

– Eu nunca ouvi os cães ladrarem tão alto! – comentou o velho.

– Nem as crianças gritarem tão malcriadas! – respondeu a velha.

Eles balançavam as cabeças, um para o outro, enquanto o barulho aproximava-se cada vez mais; até que, ao pé da pequena elevação na qual ficava sua cabana, viram dois viajantes aproximando-se a pé. Bem atrás deles vinham os cães violentos, rosnando em seus calcanhares. Um pouco mais distante corria uma multidão de crianças que proferia gritos estridentes e lançava pedras nos dois estranhos com toda a força que tinham. Uma ou duas vezes, o mais jovem dos dois homens (uma figura magra e bastante ágil) virou-se e afastou os cães com um cajado que trazia consigo. Seu amigo, um sujeito bastante alto, caminhava ao seu lado calmamente, como quem desdenhasse tanto as crianças más quanto o bando de vira-latas, cujos modos as crianças pareciam imitar.

Ambos os viajantes estavam muito humildemente vestidos e pareciam não ter dinheiro o bastante no bolso para pagar por uma noite em um alojamento. E essa, temo eu, era a razão de os habitantes do vilarejo terem permitido que seus cães e filhos os tratassem tão rudemente.

– Vem, mulher – disse Filêmon a Baucis –, vamos até lá encontrar essa pobre gente. Sem dúvida, eles devem estar quase tristes de subir a colina.

– Vá lá você encontrá-los – respondeu Baucis –, enquanto apresso as coisas lá dentro e vejo se temos algo para eles comerem. Uma boa tigela de pão e leite faria maravilhas para animá-los.

Os estranhos no vilarejo

Assim, ela apressou-se para dentro. Filêmon, de sua parte, seguiu em frente e estendeu a mão com uma postura tão hospitaleira que não havia necessidade de dizer o que, contudo, disse no tom mais contente:

– Bem-vindos, estranhos, bem-vindos!

– Obrigado! – respondeu o mais jovem dos dois, de forma bastante vivaz, não obstante seu cansaço e aturdimento. – É uma saudação bem diferente da que encontramos lá no vilarejo. Diga-me, por favor: por que vive numa vizinhança tão horrível?

– Ah! – observou o velho Filêmon com um tranquilo e benigno sorriso. – A Providência me pôs aqui, espero eu, entre outras razões, para que pudesse dar tratos, da forma que me fosse possível, à falta de hospitalidade de meus vizinhos.

– Bem dito, velho senhor! – exclamou o viajante, sorrindo. – E, se a verdade deve ser dita, meu companheiro e eu precisamos de alguns tratos. Essas crianças (que pequenos tratantes!) acertaram-nos com suas bolas de lama, e um dos cães rasgou minha capa, que já estava bastante rasgada. Mas eu o acertei bem no meio da fuça com meu cajado; e acho que você deve tê-lo ouvido latir, ainda que tão longe.

Filêmon estava feliz de vê-lo em tão bom humor; e vocês nem teriam imaginado, pela aparência e os modos do viajante, que ele estivesse cansado da viagem de um dia inteiro, descontado o desânimo pelo desagradável tratamento ao fim do dia. Ele estava vestido de uma forma estranha, com uma espécie de chapéu na cabeça, cujas bordas se notavam cobrindo ambas as orelhas. Embora fosse uma noite de verão, ele vestia uma capa, que lhe envolvia todo o corpo, talvez porque as roupas que trouxesse por baixo estivessem rotas ou rasgadas. Filêmon notou também que ele tinha um par de sapatos realmente interessante; mas, como estava ficando escuro, e os olhos do velho já não eram bons, não era capaz de dizer que tipo de estranheza era aquela. Uma coisa, decerto, parecia estranha. O viajante era tão maravilhosamente leve e agitado que parecia que seus pés às vezes levantavam-se do chão por vontade própria ou que iam ao chão apenas por um esforço específico.

– Eu costumava ser rápido, em minha juventude – disse Filêmon ao viajante. – Mas sempre achava que meus pés ficavam pesados com a chegada da noite.

– Não há nada como um bom cajado para nos ajudar a seguir em frente – respondeu o estranho. – E por acaso eu tenho um excelente, como você vê.

Esse cajado, na verdade, era o mais estranho cajado que Filêmon jamais vira. Era feito de oliveira, e tinha algo como um pequeno par de asas no topo. Suas cobras, entalhadas na madeira, estavam representadas como se se entrelaçassem no cajado, e eram tão habilidosamente executadas que o velho Filêmon (cuja vista, vocês podem compreender, andava ficando embaçada) quase as imaginou vivas, como se se remexessem e entrelaçassem.

– Um trabalho curioso, de fato! – disse ele. – Um cajado com asas! Podia ser um excelente tipo de cajado para um menininho cavalgar!

A essas alturas, Filêmon e seus dois convidados tinham alcançado a porta da cabana.

– Amigos – disse o velho homem –, sentem-se e descansem aqui neste banco. Minha boa mulher, Baucis, foi ver lá dentro o que vocês poderão comer no jantar. Somos gente pobre, mas vocês são bem-vindos para se servir à vontade do que tivermos na despensa.

O estranho mais jovem lançou-se sem qualquer cuidado no banco, deixando seu cajado cair. E aqui aconteceu algo maravilhoso, embora também bastante insignificante. O cajado pareceu ter se levantado do chão por vontade própria, e, estendendo seu pequeno par de asas, era como se tivesse pulado ou voado e recostado contra a parede da cabana. Ali ele ficou quieto, exceto pelo fato de as cobras continuarem a se mexer. Mas, em minha opinião pessoal, a vista do velho Filêmon estava brincando com ele de novo.

Antes que ele fizesse quaisquer perguntas, o estranho mais velho desviou sua atenção do maravilhoso cajado ao perguntar-lhe:

– Não havia um lago – disse, num tom de voz particularmente profundo –, nos idos de outrora, cobrindo o lugar onde agora fica o vilarejo?

– Não em meus idos, meu amigo – respondeu Filêmon –, e veja que sou um sujeito bem velho. Sempre houve os campos e os pomares, como são hoje, e as velhas árvores e o pequeno córrego murmurando ao longo do vale. Nem meu pai nem meu avô viram-no de outra forma, tanto quanto sei; e ele sem dúvida será o mesmo quando o velho Filêmon estiver morto e esquecido!

– Isso é mais do que se pode prever com segurança – observou o estranho; e havia algo bastante duro em sua voz profunda. Ele balançou a cabeça, também, de modo que suas madeixas escuras e pesadas moveram-se. – Uma vez que os habitantes do vilarejo esqueceram os afetos e simpatias de sua natureza, seria melhor que o lago voltasse a marulhar sobre suas casas!

O viajante parecia tão sério que Filêmon ficou quase realmente assustado; ainda mais porque, em sua fronte, a luz da tarde pareceu subitamente desaparecer ainda mais, e também porque, quando balançou a cabeça, fez-se um estrondo como o de um trovão.

Mas, no momento seguinte, o rosto do estranho tornou-se tão gentil e calmo que Filêmon quase esqueceu seu terror. No entanto, não podia deixar de sentir que esse viajante mais velho não era uma personagem comum, embora parecesse estar vestido com tanta humildade e viajar a pé. Não que Filêmon o imaginasse um príncipe disfarçado ou algo do tipo; mas antes um homem muitíssimo sábio, que viajava pelo mundo nessas pobres vestes, a despeito da riqueza e de todos os objetos mundanos, indo a cada lugar para acrescentar uma mínima porção a sua sabedoria. Essa ideia pareceu a mais provável, pois, quando Filêmon erguia os olhos para o rosto do estranho, parecia ver mais pensamentos ali, num olhar, do que poderia ter visto numa vida inteira.

Enquanto Baucis preparava a refeição, os viajantes começaram a conversar muito amigavelmente com Filêmon. O mais jovem, de fato, era extremamente loquaz e fazia comentários tão espirituosos e penetrantes que o velho homem não parava de rir, e dizia que aquele era o sujeito mais alegre que vira em muito tempo.

– Por favor, meu jovem – disse ele, enquanto ganhavam intimidade –, qual é a sua graça?

– Ora, eu sou muito esguio, como você pode ver – respondeu o viajante. – Por isso, se você me chamar de Azougue, o nome caberá perfeitamente bem.

– Azougue? Azougue? – repetiu Filêmon, olhando no rosto do viajante para ver se estava fazendo troça dele. – É um nome bem estranho! E seu companheiro? Tem ele também um nome estranho?

– Você vai precisar perguntar ao trovão para que ele o diga! – respondeu Azougue, com um olhar misterioso. – Nenhuma voz é alta o bastante.

Esse comentário, sério ou cômico, teria causado em Filêmon um terrível espanto em relação ao estranho mais velho, caso, ao arriscar-se a observá-lo, não tivesse ele reconhecido tanta bondade em seu semblante. Mas, sem dúvida, aqui estava a maior figura que jamais se sentara tão humildemente ao lado de uma porta de cabana. Quando o estranho falava, era com gravidade e de tal forma que Filêmon sentia-se irresistivelmente propenso a falar-lhe sobre tudo que guardava no coração. Esse é sempre o sentimento que as pessoas têm quando se encontram com alguém sábio o bastante para compreender todo o seu bem e o seu mal e não desprezar nem um tiquinho de nada dele.

Mas Filêmon, simples e generoso como era, não tinha muitos segredos para revelar. Não obstante, tagarelava sem parar sobre os acontecimentos de sua vida pregressa, ao longo da qual jamais se afastara mais do que alguns quilômetros daquele lugar. Sua mulher, Baucis, e ele próprio viviam na cabana desde a juventude, ganhando seu pão com o suor do rosto, sempre pobres e, no entanto, contentes. Ele falava sobre o queijo e a manteiga excelentes que Baucis fazia, e sobre como eram bons os vegetais que ele cultivava no jardim. Disse também que, uma vez que amavam tanto um ao outro, era o desejo de ambos que a morte não os separasse, mas que eles morressem como tinham vivido, juntos.

Enquanto o estranho escutava, um sorriso surgia de seu rosto e tornava sua expressão tão doce quanto grandiosa.

– Você é um bom velho – disse ele para Filêmon –, e tem uma boa e velha mulher como companheira. É justo que seu desejo seja atendido.

E isso pareceu a Filêmon, então, como se as nuvens do pôr do sol brilhassem num raio do oeste e acendessem uma súbita luz no céu.

Baucis tinha então terminado de preparar a comida e, chegando à porta, começou a pedir desculpas pela parca refeição que era obrigada a colocar diante de seus convidados.

– Se soubéssemos que vocês viriam – disse ela –, meu bom homem e eu mesma não teríamos comido um pedacinho sequer, para que vocês tivessem uma refeição melhor. Mas usei a maior parte do leite de hoje para fazer queijo; e nosso último pão já está meio comido. Ai! Eu nunca sinto pena de ser pobre, exceto quando um pobre viajante bate à porta.

– Tudo estará muito bom, não se preocupe, minha boa dama – respondeu o estranho mais velho, gentilmente. – Um boas-vindas honesto e caloroso para um convidado faz maravilhas com a comida, e é capaz de transformar a menos refinada das refeições em néctar e ambrosia.

– Boas-vindas vocês hão de ter – exclamou Baucis –, e da mesma forma um pouco do mel que sobrou e um cacho de uvas púrpura.

– Ora, dona Baucis, é um banquete! – exclamou Azougue, rindo. – Um absoluto banquete! E você há de ver quão bravamente vou interpretar meu papel nele! Acho que nunca senti tanta fome na vida.

– Misericórdia! – sussurrou Baucis para o marido. – Se o jovem tem tão terrível apetite, temo que não será nem a metade do suficiente!

Em seguida, entraram todos na cabana.

E agora, meus pequenos espectadores, será que lhes conto isso? Vocês ficarão espantados! É realmente uma das coisas mais estranhas de toda a história. O cajado de Azougue, vocês se lembram, tinha se encostado contra a parede da cabana. Pois bem; quando seu senhor passou pela porta, deixando o maravilhoso cajado para trás, o que este fez, senão imediatamente esticar as asinhas e sair saltando e flutuando na direção da porta! Tuc-tuc, assim seguiu o cajado pelo chão da cozinha; e ele não descansou até se colocar, por fim, com a maior gravidade e decoro, ao lado da cadeira de Azougue. O velho Filêmon, contudo, bem como sua mulher, estava tão ocupado cuidando dos convidados que nem deu bola para onde estava o cajado.

O que Baucis dissera confirmou-se: era escassa a comida para os dois viajantes famintos. No meio da mesa havia o que sobrara de um pão de centeio, com um pedaço de queijo de um lado e um prato com favos de mel. Havia um bom cacho de uvas para cada um dos convidados. Uma ânfora de barro de tamanho moderado, quase cheia de leite, estava a um canto da mesa; e quando Baucis encheu as duas canecas e as colocou diante dos estranhos, apenas um pouco de leite restou no fundo do jarro. Ai! É triste ver um coração generoso premido pela carestia. Pobre Baucis, que ficou ali preferindo, caso fosse possível, ficar sem comer por toda a semana seguinte para dar àqueles sujeitos famintos uma refeição mais farta!

E uma vez que a refeição era tão, mas tão pequena, ela não conseguia deixar de desejar que seus apetites não fossem tão imensos. Ora, já no momento em que se sentaram, os viajantes beberam todo o leite de suas duas tigelas numa só golada.

– Mais um pouquinho de leite, boa dona Baucis, por favor – disse Azougue. – O dia estava quente, e estou com muita sede.

– Ora, meus caros – respondeu Baucis, bastante perturbada –, sinto muito, estou envergonhada! Mas a verdade é que não há uma gota de leite a mais na ânfora. Filêmon! Filêmon! Por que não lhes deixamos nossa refeição?

– Ora – exclamou Azougue, levantando-se da mesa e tomando o jarro pela alça –, me parece que as coisas não estão tão ruins quanto você as pinta. Há certamente mais leite na ânfora.

E, ao dizê-lo, para a enorme surpresa de Baucis, pôs-se a encher não apenas sua própria tigela, como também a de seu companheiro, da ânfora supostamente vazia. A boa mulher mal podia acreditar em seus olhos. Ela decerto havia servido praticamente todo o leite, e olhara dentro depois e vira o fundo da ânfora, ao colocá-la na mesa.

"Mas eu estou velha", pensou Baucis consigo mesma, "e dada a esquecimentos. Suponho que devo ter me enganado. De toda forma, a ânfora tem de estar vazia agora, depois de encher as tigelas duas vezes."

– Que leite delicioso! – comentou Azougue, depois de beber o conteúdo da segunda tigela com gosto. – Desculpe-me, minha gentil anfitriã, mas preciso realmente pedir-lhe um pouco mais.

Baucis vira muito claramente que Azougue tinha virado a ânfora de cabeça para baixo e, consequentemente, despejara cada gota de leite ao encher a última tigela. É claro que não restara realmente nada. Contudo, para deixar-lhe precisamente clara a situação, ela ergueu a ânfora e fez o gesto de colocar o leite na tigela de Azougue, embora sem a menor ideia de que qualquer leite pudesse escorrer. Qual foi sua surpresa, portanto, quando uma abundante cascata desceu espumante dentro da tigela, que ela imediatamente encheu até a boca, e escorreu pela mesa! As duas cobras entrelaçadas no cajado de Azougue (mas nem Baucis nem Filêmon observaram o caso) esticaram as cabeças e começaram a refestelar-se.

E que deliciosa fragrância tinha o leite! Era como se a única vaca de Filêmon tivesse pastado, naquele dia, da mais rica relva que pudesse existir no mundo. Desejo apenas que cada um de vocês, minhas adoradas e pequenas almas, conheçam uma tigela de leite tão gostosa na hora do jantar!

– E agora uma fatia do seu pão de centeio, dona Baucis – disse Azougue –, e um pouco daquele mel!

Baucis, então, cortou-lhe uma fatia; e embora o pão, quando ela e o marido o comeram, tivesse parecido seco e esfarelento demais para ser palatável, ele agora estava tão fresco e úmido como se tivesse saído do forno poucas horas antes. Experimentando uma migalha, que caíra sobre a mesa, ela a julgou mais deliciosa do que o pão jamais fora e mal pôde acreditar que fosse um pão feito por suas próprias mãos e fogo. Mas que outro pão poderia ser aquele?

Os estranhos entretidos

Mas, oh, o mel! Eu poderia, da mesma forma, nem sequer mencioná-lo, sem tentar descrever quão maravilhoso era seu cheiro e aparência. Sua cor era a do mais puro e transparente ouro; e tinha o odor de milhares de flores; mas de flores como as que nunca cresceram num jardim terreno, e em busca das quais as abelhas precisariam voar muito além das nuvens. Ainda mais incrível era que, depois de passear por um canteiro de flores de tão deliciosa fragrância e imortal florescer, elas ficassem felizes de voar de volta para a colmeia no jardim de Filêmon. Nunca tal mel fora saboreado, visto ou cheirado. O perfume pairava pela cozinha e a tornava tão agradável que, se vocês fechassem os olhos, teriam na mesma hora esquecido o teto baixo e as paredes esfumaçadas e imaginado a si mesmos num arvoredo cercado de madressilvas celestiais.

Embora a boa dona Baucis fosse uma senhora simples, ela não podia deixar de pensar que havia alguma coisa um tanto fora do comum em tudo que estava acontecendo. Assim, depois de servir os convidados de pão e mel e deixar um cacho de uvas em cada um dos pratos, ela se sentou ao lado de Filêmon e lhe disse o que vira, num sussurro.

– Você já ouviu uma coisa dessas? – perguntou ela.

– Não, jamais – respondeu Filêmon, com um sorriso. – E, na verdade, penso, minha querida mulher, que você está variando um pouco. Se eu tivesse servido o leite, teria compreendido o negócio todo. Calhou de ter um pouco mais na ânfora do que você pensava, só isso.

– Ai, meu velho – disse Baucis –, não importa o que você diga, essa gente não é normal.

– Ora, ora – respondeu Filêmon, ainda sorrindo –, talvez não sejam. De fato parecem ter conhecido dias melhores; e estou realmente muito feliz de vê-los fazendo uma refeição tão gostosa.

Cada um dos convidados tinha agora tomado de seu cacho de uvas nos pratos. Baucis (que esfregara os olhos, para ver com mais clareza) era da opinião de que as bagas tinham ficado maiores e mais cheias e que cada fruta em separado parecia estar a ponto de explodir, tanto era o sumo. Era inteiramente um mistério para ela como tais uvas poderiam ser produzidas naquela velha vinha nanica que crescia na parede da cabana.

– Uvas muito gostosas! – comentou Azougue, enquanto engolia uma após a outra, sem que, a princípio, o cacho diminuísse de tamanho. – Por favor, meu bom anfitrião, onde você as colhe?

– De minha própria vinha – respondeu Filêmon. – Você pode ver um dos ramos preso à janela, logo ali. Mas minha mulher e eu nunca pensamos que elas fossem tão boas.

– Nunca experimentei melhores – disse o convidado. – Outro copo desse leite delicioso, por favor, e então terei comido melhor do que um príncipe.

A esta altura, o velho Filêmon prontificou-se e pegou a ânfora; pois estava curioso para descobrir se havia qualquer realidade nas maravilhas que Baucis lhe sussurrara. Ele sabia que sua boa mulher era incapaz de falsidade e que raras vezes se enganava naquilo que supunha ser verdade; mas esse era um caso tão incomum que ele queria vê-lo com seus próprios olhos. Pegando, assim, a ânfora, ele olhou dentro dela por um breve momento e ficou inteiramente convencido de que ela não continha sequer uma única gota. Contudo, no mesmo instante viu uma pequena e branca fonte que brotava do fundo da ânfora e rapidamente a enchia até a borda com um leite espumoso e deliciosamente cheiroso. Por sorte, Filêmon, em sua surpresa, não derramou uma única gota de sua miraculosa ânfora.

– Quem são vocês, estranhos fazedores de maravilhas? – exclamou ele, ainda mais surpreso do que sua mulher ficara.

– Seus convidados, meu bom Filêmon, e seus amigos – respondeu o viajante mais velho, com sua voz suave e profunda, que tinha algo ao mesmo tempo doce e inspirador de espanto. – Dê-me da mesma forma um copo de leite; e que a ânfora jamais fique vazia para a gentil Baucis e para você, assim como para o viajante necessitado!

Com a refeição enfim terminada, os estranhos pediram que lhes mostrassem seus lugares de repouso. Os velhos teriam de bom grado conversado com eles um pouco mais e expressado o maravilhamento que sentiram e a alegria de verem que a pobre e magra refeição provarase ainda melhor e mais abundante do que esperavam. Mas o viajante mais velho os inspirara tamanha reverência que não ousaram mais fazerlhe quaisquer perguntas. E quando Filêmon puxou Azougue a um canto e perguntou-lhe como era possível que uma fonte de leite pudesse ter entrado numa velha ânfora de barro, este apontou seu cajado.

– Ali está todo o mistério do caso – disse Azougue. – E, se você conseguir desvendá-lo, ficarei feliz se me contar. Não sei o que fazer com meu cajado. Ele está sempre pregando umas peças estranhas como essa; às vezes conseguindo uma refeição para mim e, com igual frequência, roubando-a de mim. Se eu tivesse qualquer fé no absurdo, diria que está enfeitiçado!

Ele não disse mais nada, porém olhou tão arteiro para seus rostos que pensaram que ele estava fazendo troça dos dois. O cajado mágico foi saltando atrás de Azougue, enquanto este deixava a sala. Quando ficaram sozinhos, o bom e velho casal passou algum tempo conversando sobre os acontecimentos da noite, e então deitaram-se no chão e caíram no sono. Eles tinham deixado seu quarto para os convidados, e não dispunham de uma cama para si mesmos, exceto aquelas tábuas, que desejo tenham sido tão suaves quanto eram seus próprios corações.

O velho e sua mulher acordaram de manhã cedinho, e os estranhos da mesma forma levantaram-se com o sol e prepararam-se para partir. Filêmon hospitaleiramente pediu que ficassem um pouco mais, até que Baucis tirasse o leite da vaca e fizesse um bolo na lareira; talvez conseguisse uns ovos frescos para o café da manhã. Os convidados, contudo, pareciam pensar ser melhor realizar uma boa parte de sua viagem antes que o calor do dia chegasse. Assim, insistiram em partir imediatamente, mas pediram a Filêmon e Baucis para caminhar com eles por uma pequena distância e então mostrar-lhes a estrada que iam tomar.

Então os quatro deixaram a cabana, conversando como velhos amigos. Era bastante notável, de fato, a proximidade que o velho casal desenvolvera, sem que o percebesse, em relação ao viajante mais velho, e como seus bons espíritos, cheios de simplicidade, misturaram-se ao dele como duas gotas de água se misturam num oceano ilimitado. E quanto a Azougue, com sua presença de espírito aguda, rápida e alegre, ele parecia descobrir cada pequeno pensamento que lhes surgia antes mesmo que eles próprios os suspeitassem. Filêmon e Baucis por vezes desejaram, é verdade, que ele não fosse tão rápido em seu raciocínio, e também que colocasse um pouco de lado seu cajado, que parecia tão misteriosamente traquinas, com as cobras sempre se contorcendo. Mas então, mais uma vez, Azougue mostrou-se tão bem-humorado que eles teriam gostado de mantê-lo consigo em sua cabana, cajado, cobras e tudo, todos os dias, e o dia inteiro.

– Oh, mas que pena! – exclamou Filêmon, quando eles tinham caminhado um pouco além da porta. – Se nossos vizinhos apenas soubessem que bênção é mostrar hospitalidade a estranhos, eles teriam amarrado seus cães e nunca permitiriam que seus filhos lançassem pedras.

– É um pecado e uma vergonha para eles comportarem-se dessa forma, é essa a verdade! – exclamou a velha e boa Baucis. – E estou pensando em sair hoje mesmo e dizer a alguns deles que tipo de gente ruim eles são!

– Tenho a impressão – comentou Azougue, sorrindo, arteiro – de que não vai encontrar nenhum deles em casa.

O semblante do viajante mais velho, então, assumiu uma grandeza séria, grave e terrível, e no entanto serena, de modo que nem Baucis nem Filêmon ousaram pronunciar uma palavra. Eles olharam com reverência para o rosto do homem, como se estivessem olhando para o próprio céu.

– Quando os homens não sentem que o mais humilde estranho é como um irmão – disse o viajante, em tons tão profundos que soavam como um órgão –, eles são indignos de existir na Terra, que foi criada como a morada de uma grande irmandade humana!

– E, ademais, meus queridos idosos – exclamou Azougue com o mais vivo olhar de travessura e diversão nos olhos –, onde fica esse vilarejo do qual vocês estão falando? De que lado ele fica? Acho que não o vejo nos arredores.

Filêmon e a mulher voltaram-se para o vale, onde, ao pôr do sol, no dia anterior, tinham visto os pomares, as casas, os jardins, as árvores, a rua ampla, margeada de verde, com crianças brincando e todos os sinais de comércio, diversão e prosperidade. Mas qual foi sua surpresa! Não havia mais qualquer aparência de um vilarejo! Mesmo o vale fértil, lá no fundo onde repousava, tinha deixado de existir. Em seu lugar, eles viram a ampla e azul superfície de um lago que enchia a grande base do vale de ponta a ponta e refletia as colinas que o cercavam em seu leito com uma imagem tão tranquila que era como se tivesse estado lá desde a criação do mundo. Por um instante, o lago permaneceu perfeitamente tranquilo. Então, uma pequena brisa surgiu e fez com que a água dançasse, brilhasse e faiscasse sob os raios de sol da manhã, com o agradável murmúrio do marulhar das águas contra as margens.

O lago parecia tão estranhamente familiar que o velho casal estava enormemente perplexo e sentia como se pudessem apenas ter sonhado sobre um vilarejo que lá havia. Mas, no momento seguinte, eles se lembraram das moradas desaparecidas, e dos rostos e personalidades dos habitantes, com muita clareza para terem sido feitos de sonho. O vilarejo estava ali no dia anterior e agora tinha desaparecido!

– Ai! – exclamaram esses velhos gentis e generosos. – O que aconteceu com nossos pobres vizinhos?

– Eles não existem mais como homens e mulheres – disse o viajante mais velho, com sua grande e profunda voz, enquanto um trovão parecia ecoar à distância. – Não havia nem utilidade nem beleza numa vida como a deles; pois eles nunca aliviaram o pesado fardo da mortalidade pelo exercício dos bons afetos entre os homens. Eles não retiveram imagem de uma vida melhor em seus peitos; portanto, o lago que havia no passado estendeu-se mais uma vez para refletir o céu!

– E quanto àquela gente tola – disse Azougue, com seu sorriso travesso –, eles foram todos transformados em peixes. Precisaram de pouco para se transformar, pois já eram uns canalhas bem escamosos e cheios de sangue-frio. Então, cara dona Baucis, sempre que você ou seu marido tiverem vontade de comer um prato de truta grelhada, ele pode lançar a linha e puxar pelo menos meia dúzia de seus velhos vizinhos!

– Ah! – exclamou Baucis, tremendo. – Eu não os colocaria por nada sobre uma grelha!

– Não – acrescentou Filêmon, com o rosto contorcido –, não poderíamos nos satisfazer com eles!

– Quanto a você, bom Filêmon – prosseguiu o viajante mais velho –, e a você, boa Baucis, vocês, com suas mesas parcas, infundiram tanta hospitalidade em seus cuidados com o estranho sem lar que o leite tornou-se uma infinita fonte de néctar e o pão de centeio e o mel tornaram-se ambrosia. Assim, as divindades banquetearam em sua mesa das mesmas viandas que suprem seus banquetes no Olimpo. Vocês fizeram bem, meus bons e queridos amigos. Portanto, peçam o que quer que os favoreça mais profundamente, e assim será.

Filêmon e Baucis olharam um para o outro, e então – não sei qual dos dois falou, mas foi quem deu expressão ao desejo de ambos os corações.

– Queremos viver juntos, enquanto vivermos, e deixar o mundo no mesmo instante, quando morrermos! Pois sempre amamos um ao outro!

– Que assim seja! – respondeu o estranho, com majestosa bondade. – Agora, olhem na direção de sua cabana!

Assim o fizeram. Mas qual não foi sua surpresa ao ver uma construção elevada de mármore branco, com um amplo portal, ocupando o lugar onde até pouco tempo antes estivera sua humilde morada!

– Essa é a sua casa – disse o estranho, sorrindo com benevolência para ambos. – Exerçam sua hospitalidade nesse palácio com tanta liberdade quanto na pobre casa em que nos receberam na noite passada.

Os velhos ajoelharam-se para agradecer-lhe; mas, oh! Nem ele nem Azougue estavam ali.

Então Filêmon e Baucis começaram a viver no palácio de mármore, e passavam seu tempo, com enorme alegria para si mesmos, tornando alegre e confortável a vida de quem por acaso cruzasse seu caminho. A ânfora de leite, devo dizer, manteve sua maravilhosa qualidade de jamais estar vazia, quando se desejava que estivesse cheia. Sempre que um hóspede honesto, bem-humorado e de coração aberto tomava um pouco da ânfora, invariavelmente o julgava o mais delicioso e revigorante fluido que jamais descera por sua garganta. Mas se um sujeito mal-humorado dela bebericasse, invariavelmente contorcia o rosto inteiro e dizia que o leite estava azedo!

Assim, o velho casal viveu no palácio por muito tempo e ficou bem velhinho, velhinho mesmo. Por fim, contudo, veio uma manhã de verão em que Filêmon e Baucis não fizeram sua aparição como nos outros dias, com um sorriso hospitaleiro tomando seus rostos agradáveis para convidar os visitantes a pernoitar no palácio e tomar o café da manhã. Os convidados os procuraram por toda parte, de ponta a ponta do espaçoso palácio, sem qualquer sucesso. Depois de muita perplexidade, vislumbraram na frente do portal duas nobres árvores, que ninguém se lembrava de ter visto ali no dia anterior. Mas lá estavam elas, com suas raízes profundas no solo e copas amplas cujas folhagens lançavam sombras por toda a frente do prédio. Uma era um carvalho; a outra, uma tília. Seus ramos – era estranho e belo de se ver – estavam entrelaçados e se abraçavam um ao outro, de modo que cada árvore parecia viver muito mais no coração da outra do que no seu próprio.

Enquanto os convidados maravilhavam-se de como essas árvores, que devem ter precisado de pelo menos um século para crescer, poderiam ter ficado tão respeitosas e altas numa só noite, uma brisa soprou e agitou seus ramos entrelaçados. E então fez-se um profundo e alto murmurar no ar, como se as duas misteriosas árvores falassem.

– Sou o velho Filêmon! – murmurou o carvalho.

– Sou a velha Baucis! – murmurou a tília.

Mas, à medida que a brisa ficou mais forte, as árvores falaram ao mesmo tempo – Filêmon! Baucis! Baucis! Filêmon! –, como se uma fosse as duas e as duas uma só, e falassem juntas das profundezas de seu único coração. Estava claro que o velho casal tinha renovado sua idade e passaria agora outros tranquilos e deliciosos cem anos ou mais, Filêmon como carvalho e Baucis como tília. E, ah!, que sombra hospitaleira elas lançavam ao seu redor. Sempre que um viajante parava debaixo dela, ele escutava um agradável sussurro das folhas acima de sua cabeça e ficava pensando por que o som lembrava palavras como:

– Bem-vindo, bem-vindo, caro viajante, bem-vindo!

E alguma boa alma, que sabia o que mais agradava à velha Baucis e ao velho Filêmon, construiu um assento circular ao redor de seus troncos, onde, por um bom tempo depois, os cansados, famintos e sedentos costumavam repousar e tomar leite abundantemente da ânfora milagrosa.

Eu queria muito, para nossa alegria, que tivéssemos essa ânfora aqui conosco!

Encosta da colina

Depois da história

– Quanto cabia na ânfora? – perguntou Musgo-renda.

– Não tinha capacidade nem para um litro – respondeu o estudante –, mas você podia ficar despejando leite dela e encher um barril de quinhentos litros, se quisesse. Na verdade, ela podia despejar leite para sempre e nunca secar, nem mesmo durante o meio do verão – que é mais do que se pode dizer da bica ali, que fica despejando água morro abaixo.

– E o que aconteceu com a ânfora? – perguntou o menininho.

– Quebrou-se, sinto muito em dizer, há mais ou menos dois mil e quinhentos anos – respondeu primo Eustace. – As pessoas tentaram de todo jeito consertá-la, mas, embora ela comportasse muito bem o leite, nunca mais se teve notícia de que enchesse por própria conta. Então, veja, não era agora melhor do que qualquer ânfora de barro.

– Que pena! – exclamaram todas as crianças de uma só vez.

O respeitável cão Ben estava com o grupo, assim como um filhotinho de labrador já um pouquinho crescido, que atendia pelo nome de Urso, porque era negro como um urso. A Ben, o mais velho e de hábitos bastante circunspectos, Eustace respeitavelmente pedia que ficasse atrás das quatro criancinhas para mantê-las fora de perigo. Quanto ao negro Urso, que não era outra coisa senão uma criança, o estudante pensava ser melhor ficar com ele, temendo, em suas brincadeiras agitadas com as outras crianças, que pudesse derrubar uma delas e mandá-la rolando morro abaixo. Pedindo que Prímula, Musgo-renda, Dente-de-leão e Flor de Abóbora ficassem bem quietinhas no lugar em que ele as havia deixado, o estudante, com Primavera e as crianças mais velhas, começou a subir, e logo estavam fora do alcance dos olhos entre as árvores.

A Quimera

Topo da montanha

Introdução a "A Quimera"

Rumo ao topo, ao longo da íngreme colina repleta de árvores, seguiram Eustace Bright e seus companheiros. As árvores ainda não conheciam folhas maduras, mas tinham dado brotos o bastante para lançar uma sombra etérea, enquanto o sol as enchia de uma luminosidade verde. Havia rochas repletas de musgo, meio escondidas entre as folhas caídas, marrons e antigas; troncos de árvore podres, jazendo em sua inteireza onde tinham caído havia muito tempo; galhos destruídos, balançados por nevascas e espalhados por toda parte. Mesmo assim, embora essas coisas parecessem tão antigas, o aspecto do bosque era o da mais tenra vida; pois, para onde quer que vocês voltassem os olhos, algo novinho brotava para conhecer a plenitude no verão.

Por fim, os jovens alcançaram o limite mais elevado do bosque e viram-se quase no topo da colina. Não era um pico, nem uma grande bola redonda, mas um plano bastante extenso, um platô, com uma casa e um celeiro ao longe. Na casa vivia uma família solitária. Por vezes as nuvens, de onde caía a chuva e as tempestades de neve desciam pelo vale, ficavam mais baixas do que essa soturna casa de desterro.

No ponto mais alto da colina havia uma pilha de pedras, no centro da qual estava colocada uma imensa estaca, com uma pequena bandeira flutuando na ponta. Eustace levou as crianças até lá e pediu que olhassem ao redor e percebessem quanto de nosso belo mundo eram capazes de apreender numa só mirada. E seus olhos ficaram ainda mais abertos enquanto olhavam.

O monte Monumento, ao sul, permanecia no centro da paisagem, porém algo menor e encoberto, de modo que agora era tão somente o membro indistinto de uma ampla família de colinas. Além dele, a cordilheira Taconic parecia mais alta e volumosa do que antes. Avistava-se nosso belo lago, com todas as suas pequenas baías e recantos; e não só este, como dois ou três abriam seus olhos azuis para o sol. Muitas vilas brancas, cada qual com seu pináculo, espalhavam-se ao longe. Havia tantas casas de fazenda, com seus acres de bosques, pastos, campos de feno e colheita que as crianças mal podiam encontrar lugar em suas mentes para receber tantos objetos diferentes. Via-se também Tanglewood, que até ali as crianças compreendiam ser um eminente cimo do mundo. A casa ocupava um espaço tão pequeno que elas olharam para além dela e de ambos os lados e procuraram bastante com seus olhos antes de descobrir onde estava.

Nuvens brancas como lã flutuavam no ar e lançavam os pontos escuros de suas sombras aqui e ali na paisagem. Mas, aos poucos, a luz do sol estava onde a sombra estivera, e a sombra ia para outro lugar.

Longe, no oeste, havia uma cadeia de montanhas azuis, que Eustace Bright disse às crianças serem as Catskills. Em meio a essas colinas cobertas de nuvens, disse ele, havia um lugar onde uns velhos holandeses faziam um interminável jogo de boliche e onde um sujeito sossegado, de nome Rip van Winkle, caíra no sono e dormira vinte anos sem parar. As crianças ansiosamente pediram a Eustace que lhes contasse sobre esse caso extraordinário. Mas o estudante respondeu que a história já tinha sido contada uma vez e muito melhor do que se poderia contá-la de novo; e que ninguém tinha o direito de alterar uma palavra dela, até que ficasse tão velha quanto "A cabeça da górgona" e "As três maçãs douradas" e o resto dessas histórias maravilhosas.

– Pelo menos – disse Pervinca –, enquanto descansamos aqui e olhamos ao redor, você poderia nos contar outra de suas próprias histórias.

– Sim, primo Eustace – exclamou Primavera –, aconselho você a nos contar uma história aqui. Escolha algum assunto elevado ou qualquer outro, e veja se sua imaginação não o acompanha. Talvez o ar da montanha finalmente o torne poético. E não importa quão estranha e maravilhosa seja a história; agora que estamos aqui em cima, cercados de nuvens, podemos acreditar em qualquer coisa.

– Vocês acreditam – perguntou Eustace – que houve um tempo em que existiu um cavalo alado?

– Sim – disse Primavera, impertinente –, mas sinto que você nunca será capaz de pegá-lo.

– Olhe, Primavera – retrucou o estudante –, é bem provável que eu tivesse capturado Pégaso e também subido em suas costas, assim como uma dúzia de outros sujeitos que conheço. De qualquer forma, essa é uma história sobre ele; e, entre todos os lugares do mundo, ela precisava mesmo ser contada no topo de uma montanha.

Então, sentando-se numa pilha de pedras, enquanto as crianças reuniam-se aos seus pés, Eustace fixou os olhos numa nuvem que passava e começou a narrar.

A Quimera

Uma vez, há muito, muito tempo (pois todas as coisas estranhas sobre as quais falo aconteceram muito antes que qualquer pessoa possa se lembrar), uma fonte brotava da encosta de uma colina na maravilhosa terra da Grécia. E, tanto quanto sei, depois de milhares de anos, ela ainda continua a brotar do mesmo lugar. De qualquer forma, havia uma agradável fonte, que empoçava em seu frescor e descia reluzente colina abaixo, à luz do sol que se punha, quando um jovem e belo rapaz de nome Belerofonte aproximou-se de sua margem. Em sua mão trazia uma rédea, cravejada de gemas brilhantes e adornada com um bocal dourado. Vendo um velho, um homem de meia-idade e um menininho próximos à fonte, assim como uma donzela que tomava de um pouco de água numa ânfora, ele parou e pediu para refrescar-se.

– Esta água é realmente deliciosa – disse para a donzela enquanto lavava e enchia a ânfora, depois de beber dela. – Você faria a gentileza de me dizer se a fonte tem algum nome?

– Sim; é chamada de Fonte de Pirene – respondeu a donzela, e então acrescentou: – Minha avó me disse que essa fonte limpa era uma bela mulher; e quando seu filho foi morto pelas flechas da caçadora Diana, ela se derreteu em lágrimas. Assim, a água que você vê tão refrescante e agradável é a dor do coração dessa pobre mãe!

– Eu jamais teria sonhado – observou o jovem estranho – que uma fonte tão clara, com seu brotar e correr, e a alegre dança que a acompanha das sombras à luz do sol, traria algo como uma lágrima em seu bojo! E essa, então, é Pirene? Obrigado, bela donzela, por dizer-me seu nome. Vim de um lugar muito distante só para encontrar este ponto.

O homem de meia-idade (ele levara sua vaca para beber da fonte) olhava duramente para o jovem Belerofonte e para o belo freio que ele trazia na mão.

— As correntes de água devem estar baixas, meu amigo, lá de onde você vem — comentou ele —, se você vem de tão longe para encontrar a Fonte de Pirene. Mas, por favor, você perdeu seu cavalo? Vejo que traz um arreio na mão; e um arreio bem bonito, com todas essas pedras brilhantes. Se o cavalo era tão bom quanto o freio, a gente tem de sentir pena de você tê-lo perdido.

— Não perdi nenhum cavalo — disse Belerofonte, com um sorriso. — Mas estou buscando um bem famoso, que, como pessoas sábias me informaram, pode ser encontrado por aqui. Vocês sabem se um cavalo alado chamado Pégaso ainda vive na Fonte de Pirene, como costumava viver no tempo de seus avós?

Mas então o sujeito do campo riu.

Alguns de vocês, meus amiguinhos, provavelmente ouviram dizer que esse Pégaso era um cavalo branco como a neve, de belas asas prateadas, que passava boa parte do tempo no pico do monte Hélicon. Ele era tão selvagem e veloz e feliz em seu voo pelo ar quanto qualquer águia que já tenha voado nas nuvens. Não havia nada como ele no mundo. Como ele não havia igual; ele nunca tinha sido montado ou selado por um senhor; e, por muitos anos, viveu uma vida feliz e solitária.

Oh, que bela coisa é ser um cavalo alado! Dormindo à noite, como ele dormia, no topo de uma montanha elevada, e passando grande parte do dia no ar, Pégaso não parecia uma criatura da terra. Sempre que era visto, muito alto acima da cabeça das pessoas, com o sol em suas asas prateadas, vocês pensariam que ele pertencia ao céu e que, passando um pouco baixo demais, tinha se perdido entre nossas névoas e vapores e procurava um caminho de volta. Era muito bonito vê-lo mergulhar no seio lanoso de uma nuvem brilhante, perder-se nela por um momento ou dois e então irromper do outro lado. Ou, numa súbita tempestade, quando havia um bloco cinza de nuvens por todo o céu, às vezes podia ser o caso de o cavalo alado descer por elas, enquanto a luz feliz das regiões superiores lançava um raio atrás dele. No instante seguinte, é verdade, tanto Pégaso quanto a luz agradável desapareciam juntos. Mas qualquer um que fosse afortunado o bastante para ver esse maravilhoso espetáculo sentia-se alegre pelo dia todo que se seguia e para além da tempestade e sua duração.

No verão e no mais belo dos climas, Pégaso muitas vezes descia à terra firme e, fechando suas asas de prata, galopava pela colina e pelo vale, tão veloz quanto o vento, para passar o tempo. Muito mais ali do que em outros lugares, ele era visto próximo da Fonte de Pirene bebendo da deliciosa água ou rolando pela relva suave da margem. Às vezes, também (mas Pégaso era muito seletivo em sua comida), colhia alguns botões de trevo que lhe pareciam os mais doces.

Para a Fonte de Pirene, portanto, os avós dos avós dos avós tinham o hábito de ir (enquanto eram jovens e mantinham a fé nos cavalos alados) na esperança de um breve vislumbre do belo Pégaso. Mas, nos últimos anos, ele poucas vezes fora visto. De fato, muitos dos habitantes da região, que viviam a meia hora de caminhada da fonte, jamais tinham visto Pégaso e não acreditavam que tal criatura existisse. O sujeito com quem Belerofonte tinha conversado por acaso estava entre elas.

E era essa a razão de ele ter rido.

– Pégaso, ora! – exclamou ele, empinando o nariz tão alto quanto um nariz achatado poderia empinar. – Pégaso, ora! Um cavalo de asas! Ora, meu amigo, você está batendo bem? Para que um cavalo ia ter asas? Será que ele ia conseguir puxar o arado melhor? Claro que a gente ia economizar um pouco mais na ferradura; mas, então, como um homem ia gostar de ver seu cavalo voando da janela do estábulo? Sim, ou voando com ele pelas nuvens quando ele só gostaria de cavalgá-lo para fazer girar a moenda? Não, não! Não acredito em Pégaso. Nunca existiu uma coisa ridícula dessas. Um cavalo-ave!

Belerofonte na Fonte de Pirene

– Tenho razões para pensar de outra forma – disse Belerofonte, tranquilo.

E então voltou-se para o velho grisalho que estava apoiado num cajado e ouvindo a tudo muito atentamente com a cabeça esticada para a frente e uma das mãos no ouvido, porque, nos últimos vinte anos, tinha ficado um pouco surdo.

– E o que você diz, venerável senhor? – perguntou Belerofonte. – Em seus dias de juventude, eu suponho, você via com frequência o corcel alado!

– Ah, jovem estranho, minha memória é muito pobre! – disse o homem idoso. – Quando eu era um menino, se me lembro bem, costumava acreditar que não existia tal cavalo, assim como todo mundo. Mas, hoje em dia, mal sei o que pensar, e muito raramente penso sobre o cavalo alado. Se vi alguma vez a criatura, foi há muito, muito tempo; e, para dizer a verdade, duvido que o tenha realmente visto alguma vez. Um dia, é verdade, quando era jovem, lembro-me de ter visto pegadas de casco ao redor da fonte. Pégaso pode ter feito aquelas pegadas; mas também outros cavalos poderiam ter feito o mesmo.

– E você nunca o viu, minha bela donzela? – perguntou Belerofonte para a garota, que permaneceu com a ânfora na cabeça enquanto transcorria a conversa. – Você teria condições de vê-lo mais que todo mundo, pois seus olhos são muito brilhantes.

– Uma vez pensei que o tinha visto – respondeu a donzela, com um sorriso e o rosto corado. – Ou era Pégaso, ou era um enorme pássaro branco, bem alto no céu. E, outra vez, quando estava caminhando para a fonte com minha ânfora, escutei um relincho. E que relincho melodioso e forte foi aquele! Meu coração saltou de alegria com o som. Mas ele me assustou; e eu corri para casa sem encher a ânfora.

– Que pena! – disse Belerofonte.

E voltou-se para a criança, que mencionei no início da história e que olhava para ele como as crianças tendem a olhar para estranhos, com a boca rosada bem aberta.

– Bem, meu amiguinho – exclamou Belerofonte, puxando divertidamente um de seus cachos –, imagino que você tenha visto o cavalo alado.

– Vi, sim – disse a criança prontamente. – Vi ontem e muitas vezes antes.

– Mas você é um tremendo homenzinho! – disse Belerofonte, aproximando a criança de si. – Venha, fale-me sobre isso.

– Ora – respondeu a criança –, eu muitas vezes venho aqui para brincar de barquinho na fonte e pegar pedras bonitas do fundo dela. E às vezes, quando olho para a água, vejo a imagem do cavalo alado na figura do céu que fica ali refletida. Eu desejo que ele desça e me leve em sua garupa e me deixe cavalgá-lo até a lua! Mas, assim que tento olhar para ele, ele voa para longe da vista.

E Belerofonte deu crédito à criança, que tinha visto a imagem de Pégaso na água, e à donzela, que o tinha escutado relinchar melodiosamente; mas não ao camponês de meia-idade, que só acreditava na existência de cavalos de carga, ou ao velho homem, que se esquecera das belas coisas da juventude.

Assim, ele rondou a Fonte de Pirene por muitos dias depois disso. Permaneceu continuamente atento, olhando para o alto no céu ou vendo o reflexo da água, esperando sempre que pudesse tanto ver a imagem refletida do cavalo alado ou sua maravilhosa realidade. Ele segurava o freio, com suas gemas brilhantes e o bocal dourado, a postos na mão. As pessoas rústicas, que viviam nas imediações e conduziam seu gado à fonte para beber água, muitas vezes se riam do pobre Belerofonte e às vezes o censuravam severamente. Diziam-lhe que um jovem vigoroso como ele devia ter mais o que fazer do que perder tempo numa busca tão ociosa. Ofereceram-se para vender-lhe um cavalo, se ele queria um; e quando Belerofonte recusava, tentavam dar um preço a sua bela rédea.

Mesmo os meninos do campo achavam-no muito bobo, tanto que costumavam divertir-se muito à sua custa e eram grosseiros o suficiente para não dar a mínima, não obstante Belerofonte os visse e escutasse. Um menininho, por exemplo, fazia as vezes de Pégaso e executava as mais estranhas estripulias para voar, enquanto um de seus amiguinhos corria astutamente atrás dele, trazendo à frente um ramo de juncos que fingia serem as belas rédeas de Belerofonte. Mas a criança gentil, que vira a figura de Pégaso na água, confortou o jovem estrangeiro mais do que todos os meninos malvados eram capazes de atormentá-lo. O bom amiguinho, nas horas de brincadeira, muitas vezes ficava sentado ao seu lado e, sem dizer uma palavra, olhava para a fonte e depois para o céu, com uma fé tão inocente que Belerofonte não podia evitar sentir-se encorajado.

Agora, talvez, vocês desejem saber por que foi que Belerofonte tomara para si a incumbência de procurar o cavalo alado. E nós não vamos encontrar melhor oportunidade para falar sobre isso do que agora, enquanto ele espera Pégaso aparecer.

Se eu fosse contar toda a história das aventuras anteriores de Belerofonte, elas poderiam facilmente dar uma narrativa bem longa. Será o bastante dizer que, em certas terras da Ásia, um monstro terrível chamado Quimera fez sua aparição e causou mais problemas do que se poderia contar entre agora e o pôr do sol. De acordo com as melhores fontes que pude obter, essa Quimera era praticamente, se não totalmente, a mais horrível e venenosa criatura, e a mais estranha e indescritível, e a mais dura de se combater, e a mais difícil de se escapar que jamais saiu do interior da terra. Sua cauda era como uma jiboia; seu corpo era como algo de que não tenho ideia; e ela tinha três cabeças – uma de leão, uma de bode e uma terceira de uma cobra abominavelmente grande. E uma explosão quente de fogo saía chamejante de cada uma das três bocas! Sendo um monstro terrestre, duvido que tivesse asas; mas, com ou sem elas, corria como um bode e um leão e era sinuosa como uma serpente, e assim era capaz de ser tão veloz quanto os três juntos.

Ai, a maldade, a maldade e a maldade que essa criatura horrenda fazia! Com seu bafejar de fogo era capaz de incendiar uma floresta inteira ou queimar uma plantação de trigo ou um vilarejo com todas as suas cercas e casas. Ela reduzia a nada todas as terras a seu redor e costumava engolir pessoas e animais vivos e cozinhá-los depois disso no forno quente de seu estômago. Deus tenha piedade de nós, amiguinhos, pois espero que nem eu nem vocês jamais encontremos uma Quimera!

Enquanto o odioso monstro (se pudéssemos, de qualquer forma, assim chamá-lo) fazia todas essas coisas horríveis, aconteceu que Belerofonte foi àquela parte do mundo para uma visita ao rei. O nome do rei era Iobates, e Lícia era o nome do país que ele governava. Belerofonte era um dos mais bravos jovens do mundo e não desejava mais do que realizar algum feito corajoso e bom, que fizesse toda a humanidade admirá-lo e amá-lo. Naqueles idos, a única forma de que um jovem dispunha para obter distinção era lutando batalhas, tanto com os inimigos de seu país quanto com gigantes maus, ou dragões nervosos ou animais selvagens, quando não encontrava nada mais perigoso para fazer. O rei Iobates, percebendo a coragem de seu jovem visitante, propôs-lhe lutar com a Quimera, que todos temiam e que, a menos que fosse logo morta, estava perto de converter a Lícia num deserto. Belerofonte não hesitou por um momento sequer, e assegurou ao rei que ou mataria a horrível Quimera ou morreria na tentativa.

Mas, em primeiro lugar, como o monstro era tão prodigiosamente rápido, ele pensou consigo mesmo que jamais seria capaz de vencê-lo lutando contra ele assentado sobre os próprios pés. A coisa mais sábia que poderia fazer, portanto, era conseguir o melhor e mais veloz cavalo que se podia encontrar. E que outro cavalo, no mundo, era tão rápido quanto o maravilhoso cavalo Pégaso, que tinha asas e pernas e era ainda mais ágil no ar do que na terra? Evidentemente, um grande número de pessoas negava que houvesse tal cavalo com asas e dizia que as histórias a seu respeito eram todas poesia e absurdo. Mas, maravilhoso como era, Belerofonte acreditava que Pégaso era um corcel de verdade e tinha a esperança de que ele próprio pudesse ser afortunado o bastante para encontrá-lo; e, uma vez montado belamente em suas costas, seria capaz de lutar contra Quimera com boa vantagem.

E esse era o propósito com que ele viajara da Lícia à Grécia e trouxera aquela rédea belamente ornamentada na mão. Era uma rédea encantada. Se ele pudesse apenas conseguir colocar o freio dourado na boca de Pégaso, o cavalo alado ficaria submisso e aceitaria Belerofonte como seu senhor e voaria para onde quer que ele decidisse voltar a rédea.

Mas, é claro, foi um tempo de aborrecimento e ansiedade, enquanto Belerofonte esperava e esperava por Pégaso, na expectativa de que ele chegasse e bebesse da Fonte de Pirene. Tinha medo de que o rei Iobates pensasse que ele tinha fugido da Quimera. Doía-lhe, também, pensar quanta maldade o monstro estava fazendo, enquanto ele próprio, em vez de combatê-lo, estava obrigado a sentar-se sem ter o que fazer, atento às águas brilhantes de Pirene que surgiam da areia borbulhante. E como Pégaso ia até lá tão pouco nos últimos anos e raramente vinha ao chão mais de uma vez no decurso de uma vida inteira, Belerofonte temeu ficar velho e sem força nos braços e coragem no coração antes que o cavalo alado aparecesse. Ah, mas quão arrastado o tempo passa, enquanto um jovem aventureiro deseja representar seu papel na vida e colher a ceifa de seu renome! Nossa vida é breve – e quanto tempo levamos para aprender isso!

Bom foi para Belerofonte que a gentil criança apegou-se muito a ele e nunca se cansava de lhe fazer companhia. Toda manhã, ela lhe dava uma nova esperança para acolher no coração, no lugar da já gasta.

– Caro Belerofonte – ela exclamava, olhando esperançosamente em seu rosto –, acho que hoje veremos Pégaso!

E, por fim, não fosse pela fé inabalável do menininho, Belerofonte teria desistido de tudo e retornado à Lícia e feito seu melhor para derrotar a Quimera sem a ajuda do cavalo alado. E nesse caso Belerofonte teria no mínimo sido queimado pelo bafejar da criatura e muito provavelmente teria sido morto e devorado. Ninguém jamais deveria tentar matar uma Quimera nascida da terra, a não ser que primeiro subisse nas costas de um corcel etéreo.

Certa manhã a criança dirigiu-se a Belerofonte ainda mais esperançosa do que o normal.

– Caro, caro Belerofonte – exclamou ela –, não sei exatamente por quê, mas sinto que veremos Pégaso hoje!

E durante todo o dia ela não largou pé do lado de Belerofonte, e eles comeram um pedaço de pão juntos e beberam um pouco da água da montanha. À noite, eles ali permaneceram sentados, e Belerofonte lançou seus braços ao redor da criança, que igualmente colocou uma de suas mãozinhas nas dele. Belerofonte estava perdido em seus próprios pensamentos e fitava com seus olhos vagos os troncos das árvores que cobriam a fonte e as vinhas que subiam por seus galhos. Mas a gentil criança olhava para a água; ela lamentava por Belerofonte, pois a esperança de mais um dia se esvaía, como muitos antes daquele; e duas ou três silenciosas lágrimas caíram de seus olhos e misturaram-se com o que se dizia serem as muitas lágrimas de Pirene, quando ela chorava por seus filhos mortos.

Mas, quando menos esperava, Belerofonte sentiu a mãozinha da criança apertar a sua e escutou um suave e quase inaudito sussurro.

– Veja ali, caro Belerofonte! Uma imagem na água!

O jovem olhou para o espelho delicadamente encrespado da fonte e viu o que entendeu ser o reflexo de um pássaro que parecia voar a grande altura no ar, com um brilho do sol em suas asas prateadas ou nevadas.

– Que esplêndido pássaro deve ser! – disse ele. – E como parece enorme, embora deva estar realmente voando mais alto do que as nuvens!

– Isso me faz tremer! – sussurrou a criança. – Temo olhar para o alto! É muito belo, e no entanto só me atrevo a olhar para sua imagem na água. Caro Belerofonte, você não percebe que não é um pássaro? É o cavalo alado Pégaso!

O coração de Belerofonte começou a pular! Ele olhou para o alto com alegria, mas não conseguia ver a criatura alada, fosse ela pássaro ou cavalo; pois, naquele instante, ela havia mergulhado nas profundezas lanosas de uma nuvem de verão. Passou-se apenas um momento, contudo, até que o objeto reaparecesse, descendo rapidamente da nuvem, embora ainda a uma enorme distância da terra. Belerofonte tomou a criança nos braços e recolheu-se com ela, de modo que ambos ficassem escondidos em meio aos densos arbustos que cresciam ao redor da fonte. Não que ele tivesse medo de qualquer ferimento, mas temia que Pégaso o visse e, então, voasse para longe e descesse em algum topo de montanha inacessível. Pois era de fato um cavalo alado. Depois de o terem esperado por tanto tempo, Pégaso desceu para matar a sede na Fonte de Pirene.

A maravilha aérea aproximou-se cada vez mais, voando em enormes círculos, como uma pomba prestes a pousar. Assim descia Pégaso naqueles amplos círculos, que ficavam cada vez mais estreitos à medida que ele se aproximava da terra. Mais próxima era a visão dele, mais belo ele parecia e mais maravilhoso o movimento de suas asas prateadas. Por fim, com uma pressão tão leve que mal dobrou a relva na fonte ou imprimiu um casco na areia das margens, ele pousou e, abaixando a cabeça selvagem, começou a beber, com longos e prazerosos suspiros e tranquilas pausas de alegria; e então um novo gole, e outro e mais outros. Pois em nenhum lugar do mundo, ou no alto entre as nuvens, Pégaso gostava tanto de uma água como da de Pirene. E, quando saciou a sede, ele mordeu uns poucos e doces botões de trevo, saboreando-os delicadamente, mas sem se preocupar em fazer uma grande refeição, pois a relva, assim como as nuvens, nos pontos mais altos do Hélicon agradavam mais ao seu paladar do que a relva comum.

Depois de beber até saciar-se e, a sua maneira delicada, dar-se ao capricho de um pouco de comida, o cavalo alado começou a fazer estripulias de um lado para outro, como se dançasse, por pura diversão. Nunca existiu criatura tão brincalhona como esse Pégaso. E ali ele brincou, de um modo que fico feliz em imaginar, batendo suas grandes asas com a mesma leveza de um pintarroxo, e fazendo pequenas corridas, parte na terra, parte no ar, de tal forma que eu não saberia dizer se eram um voo ou um galope. Quando uma criatura é perfeitamente capaz de voar, ela às vezes escolhe correr apenas pela diversão do gesto; e assim fazia Pégaso, embora lhe desse algum trabalho manter os cascos tão próximos ao chão. Belerofonte, enquanto isso, segurando a mão da criança, espiava-o de entre os arbustos e concluía que não conhecia visão tão bela quanto aquela, nem mesmo olhos de cavalo tão selvagens e vivos como os de Pégaso. Parecia um pecado pensar em botar-lhe rédeas e cavalgar em suas costas.

Uma ou duas vezes, Pégaso parou e farejou o ar, esticou as orelhas, lançou a cabeça para trás e a virou para todos os lados, como se de certa maneira suspeitasse de alguma maldade. Sem nada encontrar, contudo, nem ouvir, voltou às brincadeiras.

Por fim – não que ele estivesse cansado, mas apenas tranquilo e à vontade –, Pégaso recolheu as asas e deitou-se na suave relva verde. Mas, sendo repleto demais de vida etérea para permanecer quieto por mais do que alguns instantes, logo pôs-se de costas, com as quatro patas no ar. Era lindo vê-lo, essa criatura solitária, de par desconhecido na natureza, mas que não carecia de companhia e, vivendo por muitas centenas de anos, era tão feliz quanto longos eram os séculos. Quanto mais ele fazia tais coisas às quais os cavalos mortais estavam acostumados, menos telúrico e mais maravilhoso parecia. Belerofonte e a criança quase prendiam o fôlego, em parte por causa do delicioso espanto, mas ainda mais porque temiam que o menor movimento ou murmúrio pudesse fazê-lo alçar voo com a velocidade de uma flecha rumo ao mais distante azul do céu.

Por fim, quando já estava cansado de rolar, Pégaso colocou-se em posição e, indolente, como qualquer cavalo, esticou as patas dianteiras para levantar-se do chão. Belerofonte, que adivinhara o que ele faria, disparou subitamente dos arbustos e saltou montado em suas costas.

Sim, ele sentou-se nas costas de um cavalo alado!

Que salto deu Pégaso quando, pela primeira vez, sentiu o peso de um mortal em suas costas! Um salto mesmo! Antes que tivesse tempo de respirar, Belerofonte viu-se a mais de cem metros do chão e subindo cada vez mais, enquanto o cavalo alado fungava e tremia com terror e raiva. Para o alto ele subiu, até mergulhar no seio frio e vaporoso de uma nuvem, para a qual, apenas um minuto antes, Belerofonte olhava e imaginava ser um recanto muito agradável. E, mais uma vez, do coração da nuvem, Pégaso disparou como um raio, como se quisesse lançar a si e a seu cavalgador direto numa rocha. Em seguida, começou a dar os maiores coices jamais dados por um cavalo ou pássaro.

Não sou capaz de falar metade do que ele fez. Ele moveu-se para a frente, para o lado e para trás. Erguia-se, ereto, com as patas dianteiras numa guirlanda de névoa e as patas traseiras em absolutamente nada. Estendia violentamente os cascos para trás e colocava a cabeça entre as pernas, com as asas apontando à frente. A uma altura de três quilômetros, deu uma pirueta, de modo que os pés de Belerofonte subiram para onde estava sua cabeça, e ele parecia olhar para baixo no céu, em vez de para cima. Pégaso virou a cabeça para trás e, olhando para Belerofonte no rosto, com o fogo flamejando nos olhos, fez uma terrível tentativa de mordê-lo. Batia as asas tão violentamente que uma de suas penas de prata se desprendeu e flutuou na direção da terra, onde foi recolhida pela criança, que a guardou enquanto viveu, em memória de Pégaso e Belerofonte.

Mas este último (que, como vocês podem imaginar, era um exímio cavaleiro) tinha observado a oportunidade e por fim enfiou o freio dourado da rédea encantada na boca do corcel alado. Imediatamente, Pégaso ficou tão dócil como se tivesse recebido comida toda a vida da mão de Belerofonte. Para falar o que realmente sinto, era quase uma tristeza ver uma criatura tão selvagem de repente tão mansa. E Pégaso parecia sentir o mesmo. Ele voltou a cabeça para Belerofonte com lágrimas em seus belos olhos, em vez do fogo que tão recentemente acendia neles. Mas quando Belerofonte bateu em sua cabeça e falou algumas palavras firmes, porém doces e tranquilizadoras, outro olhar surgiu dos olhos de Pégaso; pois ele no fundo estava feliz, depois de tantos e solitários séculos, por ter encontrado um companheiro e senhor.

Assim sempre acontece com os cavalos alados e com todas as criaturas selvagens e solitárias. Se você puder pegá-las e domá-las, é o melhor modo de ganhar seu amor.

Enquanto fazia o que estava a seu alcance para expulsar Belerofonte de suas costas, Pégaso tinha voado um tanto; e haviam se aproximado de um monte alto no momento em que o freio entrara em sua boca. Belerofonte tinha visto antes aquele monte, e sabia que era o Hélicon, em cujo cume estava a morada do cavalo alado. Até lá (depois de olhar gentilmente no rosto do cavaleiro, como lhe pedisse que saísse) Pégaso voou, e, pousando, esperou pacientemente até que Belerofonte tivesse a bondade de desmontá-lo. O jovem, assim, saltou das costas do corcel, mas ainda o segurava pela rédea. Encontrando seus olhos, contudo, viu-se tão tocado pela gentileza de seu aspecto e pelo pensamento da vida livre que até então tinha vivido que não podia suportar a ideia de mantê-lo prisioneiro, se realmente desejava sua liberdade.

Obedecendo a esse impulso de generosidade, ele tirou a rédea da cabeça de Pégaso e o freio de sua boca.

– Vá embora, Pégaso! – disse. – Deixe-me, ou ame-me.

No mesmo instante, o cavalo alado disparou, ficando quase longe da vista, vogando ao alto do topo do monte Hélicon. Com o sol já há algum tempo posto, era crepúsculo no topo da montanha e escuridão em todas as terras que os cercavam. Mas Pégaso voou tão alto que superou o dia já apagado e banhou-se na radiação do sol. Subindo cada vez mais alto, ele parecia um ponto brilhante, e, por fim, não se podia vê-lo no deserto vazio do céu. E Belerofonte temia jamais encontrá-lo novamente. Mas, enquanto lamentava sua própria estupidez, o ponto brilhante reapareceu, aproximando-se mais e mais, até descer mais baixo do que a luz do sol, e – vejam só! – Pégaso estava de volta. Depois dessa provação, já não temia mais que o cavalo alado escapasse. Ele e Belerofonte eram amigos e tinham confiança um no outro.

Naquela noite eles se deitaram e dormiram lado a lado, com o braço de Belerofonte sobre o pescoço de Pégaso, não como precaução, mas por carinho. E eles acordaram com a alvorada e saudaram um ao outro com um bom-dia, cada qual com sua própria linguagem.

Dessa forma, Belerofonte e o maravilhoso corcel passaram muitos dias, e ficaram cada vez mais acostumados e felizes um com o outro. Eles seguiram em muitos etéreos passeios, e às vezes subiam tão alto que a terra não lhes parecia menor que... a lua! Visitaram terras distantes e maravilharam seus habitantes, que pensavam que o belo jovem nas costas do cavalo alado devia ter morada no céu. Mil quilômetros por dia não eram mais do que uma curta distância para o veloz Pégaso. Belerofonte estava maravilhado com esse tipo de vida, e não teria feito nada melhor do que sempre viver daquela forma, no alto da clara atmosfera; pois era sempre ensolarado lá em cima, por mais triste e chuvoso que estivesse nas regiões mais baixas. Mas ele não conseguia esquecer-se da medonha Quimera, que prometera ao rei Iobates liquidar. Então, por fim, quando se tornara bastante acostumado às ações de um cavaleiro no ar e podia manejar Pégaso com o menor movimento da mão e o tinha ensinado a obedecer a sua voz, decidiu tentar levar a cabo sua perigosa aventura.

Assim, ao nascer do dia, tão logo abriu os olhos, ele gentilmente beliscou a orelha do cavalo alado para acordá-lo. Pégaso imediatamente levantou-se e empinou mais ou menos quinhentos metros ao alto e deu uma grande volta em torno do cume da montanha para mostrar que estava muito acordado e pronto para qualquer tipo de excursão. Durante todo esse pequeno voo, ele produziu um alto, enérgico e melodioso relincho, e finalmente desceu ao lado de Belerofonte com tanta leveza que era como se fosse um pardal descendo sobre um galho.

– Muito bem, Pégaso! Muito bem, minha flecha celeste! – exclamou Belerofonte, batendo com prazer no pescoço do cavalo. – E agora, meu veloz e belo amigo, precisamos fazer nosso desjejum. Hoje vamos lutar contra a terrível Quimera.

Assim que terminaram sua refeição matinal e beberam um pouco de água fresca de uma fonte chamada Hipocrene, Pégaso ergueu a cabeça, por vontade própria, para que seu senhor pudesse colocar-lhe a rédea. Então, com muitos e divertidos saltos e brincadeiras no ar, mostrou-se impaciente de partir, enquanto Belerofonte prendia a espada e passava o escudo pelo pescoço, preparando-se para a batalha. Quando tudo estava pronto, o cavaleiro montou e (como era seu costume, quando ia a uma longa distância) subiu oito quilômetros, de modo a ver melhor a direção que tomaria. Então voltou a cabeça de Pégaso na direção leste e rumou para a Lícia. Em seu voo, surpreendeu uma águia e ficou tão próximo dela, antes que pudesse sair de seu caminho, que poderia tê-la facilmente capturado pela perna. Avançando nessa velocidade, ainda era o início da manhã quando eles avistaram as altas montanhas da Lícia, com seus vales profundos e cheios de mato. Se tivessem sido sinceros com Belerofonte, este saberia que a medonha Quimera escolhera um dos mais horríveis vales para morar.

Com a proximidade do fim da viagem, o cavalo alado gradualmente desceu com seu cavaleiro; e eles aproveitaram-se de algumas nuvens que flutuavam sobre os topos de montanha para se esconder. Flutuando na superfície superior de uma nuvem e observando através dela, Belerofonte tinha uma vista bastante distinta da região montanhosa da Lícia e era capaz de ver todos os vales umbrosos de uma só vez. De início, não pareciam muito dignos de nota. Era um pedaço selvagem, inculto e rochoso de altas e íngremes colinas. Na parte mais plana da terra, jaziam as ruínas de casas que haviam sido incendiadas e, aqui e ali, as carcaças de gado morto, espalhadas pelos pastos onde se alimentavam.

"A Quimera deve ter feito essa maldade", pensou Belerofonte. "Mas onde pode estar o monstro?"

Como eu já disse, não havia nada que se destacasse, numa primeira vista, em qualquer um daqueles vales entre as íngremes encostas das montanhas. Nada; exceto o que pareciam ser três colunas de fumaça preta, que saíam do que parecia ser a boca de uma caverna, subindo sombrias pela atmosfera. Antes de chegar ao topo da montanha, essas três espirais de fumaça preta tornavam-se uma. A caverna estava quase diretamente abaixo do cavalo alado e seu cavaleiro, a uma distância de mais ou menos trezentos metros. A fumaça, à medida que subia pesadamente, apresentava um aroma horrível, sulfuroso e sufocante, que fazia com que Pégaso fungasse e Belerofonte espirrasse. Era tão desagradável para o maravilhoso corcel (que estava acostumado a respirar apenas o mais puro ar) que ele bateu asas e disparou à distância de quase um quilômetro desse vapor ofensivo.

Mas, ao olhar atrás de si, Belerofonte viu algo que o levou primeiramente a puxar a rédea e, então, virar com ela Pégaso. Ele fez um sinal; o cavalo alado entendeu-o e desceu lentamente pelo ar até que seus cascos ficaram a menos de dois metros do fundo rochoso do vale. Em frente, a uma distância não maior do que um arremesso de pedra, estava a boca da caverna, com as três espirais de fumaça saindo dela. O que mais Belerofonte viu ali?

Parecia haver uma pilha de estranhas e terríveis criaturas enroscando-se dentro da caverna. Seus corpos estavam tão próximos que Belerofonte não conseguia distingui-los em separado; mas, a julgar por suas cabeças, uma dessas criaturas era uma enorme cobra, a segunda um leão feroz e a terceira um bode horrível. O leão e o bode estavam dormindo; e a cobra estava bem acordada e olhava para ele com um par de olhos acesos. Mas – e essa é a parte mais incrível da cena – as três colunas de fumaça evidentemente saíam das narinas dessas três cabeças! Tão estranho era o espetáculo que, embora Belerofonte tivesse passado todo o tempo esperando por ele, a verdade não lhe ocorreu imediatamente, de que se tratava da terrível Quimera de três cabeças. Ele tinha encontrado a caverna da Quimera. A cobra, o leão e o bode, como os supunha, não eram três criaturas em separado, mas um só monstro!

Coisa odiosa, má! Embora dois terços dela dormissem, ela ainda segurava em suas abomináveis garras os restos de uma ovelha infeliz – para não dizer (não gosto de pensar assim) um menininho – que suas três bocas estiveram mastigando antes que duas dormissem!

Imediatamente, Belerofonte acordou, como se estivesse num sonho, e entendeu que se tratava da Quimera. Pégaso pareceu reconhecê-la no mesmo instante, e produziu um relincho que soou, sim, como o chamado de um trompete para a batalha. A esse sinal as três cabeças puseram-se eretas e produziram grandes chamas. Antes que Belerofonte tivesse tempo de considerar o que fazer em seguida, o monstro deixou a caverna e saltou diretamente em sua direção, com as imensas garras estendidas e o rabo de cobra contorcendo-se venenosamente atrás. Se Pégaso não tivesse sido tão rápido quanto um pássaro, tanto ele quanto o cavaleiro teriam sido derrubados pela corrida da Quimera, com suas cabeças à frente, e assim a batalha terminaria antes mesmo de haver começado. Mas o cavalo alado não podia ser pego facilmente. Num piscar de olhos ele estava no céu, a meio caminho das nuvens, fungando com raiva. Ele tremeu, também, não de medo, mas com completo nojo da repugnância daquela coisa venenosa de três cabeças.

A Quimera, por outro lado, levantou-se de modo a colocar-se absolutamente na ponta de sua cauda, com suas garras rasgando violentamente o ar e suas três cabeças cuspindo fogo em Pégaso e seu cavaleiro. Meus queridos, como ela rugia, sibilava, balia! Belerofonte, enquanto isso, arrumava o escudo no braço e empunhava a espada.

– Agora, meu amado Pégaso – ele sussurrou no ouvido do cavalo alado –, você precisa me ajudar a matar esse monstro insuportável; ou vai ter de voar de volta para o seu pico de montanha sem seu amigo Belerofonte. Pois ou a Quimera morre ou suas três bocas hão de esmagar minha cabeça, que dormiu sobre o seu pescoço!

Pégaso relinchou gentilmente e, voltando a cabeça, coçou o nariz contra o rosto do cavaleiro. Era seu modo de dizer que, embora tivesse asas e fosse um cavalo imortal, ele morreria, se fosse possível à imortalidade morrer, antes de deixar Belerofonte para trás.

– Obrigado, Pégaso – respondeu Belerofonte. – Agora, então, vamos abrir um talho nesse monstro!

Ao dizer tais palavras, ele balançou as rédeas; e Pégaso desceu obliquamente, tão rápido quanto o voo de uma flecha, bem na direção da Quimera de três cabeças, que, a essas alturas, esticava os pescoços tão alto quanto conseguia. Quando ficou à distância de um braço, Belerofonte fez um corte no monstro, mas foi levado para o alto pelo corcel antes que pudesse ver se o golpe fora bem-sucedido. Pégaso continuou seu curso, mas logo voou a seu redor, pelo menos à mesma distância da Quimera quanto antes. Belerofonte então percebeu que tinha cortado a cabeça do bode quase inteira, de modo que esta estava pendurada pela pele e parecendo bem morta.

Mas, para compensar, a cabeça de cobra e a de leão tinham tomado toda a ferocidade da morte em si mesmas e cuspiram fogo e sibilaram e rugiram com ainda mais fúria do que antes.

– Não se preocupe, meu bravo Pégaso! – exclamou Belerofonte. – Com outro golpe como este, nós vamos calar tanto esse sibilo quanto esse rugido.

E mais uma vez ele balançou a rédea. Cortando o ar obliquamente, como antes, o cavalo alado voou mais uma vez como uma flecha na direção da Quimera, e Belerofonte tentou outro golpe, projetando-se. Mas, desta vez, nem ele nem Pégaso escaparam tão fácil quanto da primeira. Com uma de suas patas, a Quimera produziu no jovem homem um profundo arranhão no ombro e feriu levemente a asa esquerda do corcel voador com a outra. De sua parte, Belerofonte rasgara mortalmente a cabeça de leão, que agora estava caída, com seu fogo quase extinto e soltando tossidas de grossa fumaça preta. A cabeça de cobra, contudo (que era a única então restante), estava duas vezes mais feroz e destrutiva do que antes. Ela emitia disparos de fogo de quinhentos metros e sibilos tão altos e agudos que o rei Iobates os ouviu a uma distância de oitenta quilômetros e tremeu até que o trono balançou sob seus pés.

"Oh!", pensou o pobre rei, "a Quimera decerto virá me devorar!"

Enquanto isso, Pégaso tinha novamente parado no ar e relinchado ferozmente, enquanto faíscas de uma pura e cristalina chama dardejavam de seus olhos. Como era diferente do fogo vivo e assustador da Quimera! O espírito do corcel etéreo estava desperto, assim como o de Belerofonte.

– Sangras, meu cavalo imortal? – gritou o jovem, cuidando menos de sua própria ferida do que da dor daquela gloriosa criatura que jamais sentira dor. – A execrável Quimera há de pagar por essa maldade com sua última cabeça!

Então ele balançou a rédea, gritou e guiou Pégaso, não obliquamente como antes, mas direto à fronte medonha do monstro. Tão rápida foi a ofensiva que, na velocidade de uma faísca, Belerofonte estava no embate com seu inimigo.

A Quimera, a essas alturas, depois de perder sua segunda cabeça, fora acometida de uma ardente fúria, de dor e incontida ira. Mexia-se tanto, meio na terra e meio no ar, que era impossível dizer em que elemento estava. Ela abria suas mandíbulas de cobra numa amplitude tão abominável que Pégaso poderia quase, posso dizer, descer-lhe pela garganta de asas abertas, com cavaleiro e tudo! Diante da aproximação de ambos ela soltou uma terrível rajada de seu violento bafejar e envolveu Belerofonte e seu cavalo numa absoluta atmosfera de fogo, fazendo arder as asas de Pégaso e botando em chamas todo um lado dos cachos dourados do jovem, além de fazê-los mais quentes do que o confortável, da cabeça aos pés.

Mas isso era nada perto do que se seguiu.

Quando a rapidez etérea do cavalo alado o levara a uma distância de cem metros, a Quimera deu um salto e lançou sua enorme, estranha, maldosa e totalmente detestável carcaça sobre o pobre Pégaso, agarrou-se a ele com toda a força e amarrou num nó seu rabo de cobra! Para o alto voava o cavalo etéreo, cada vez mais alto acima dos picos das montanhas, acima das nuvens e quase acima da sólida terra. Mas, ainda assim, o monstro nascido da terra mantinha-se seguro e seguia para o alto, juntamente com a criatura de luz e ar. Belerofonte, enquanto isso, voltando-se, viu-se cara a cara com o medonho horror do aspecto da Quimera e só conseguia evitar de ser queimado vivo ou partido em dois numa mordida segurando seu escudo. Acima da borda superior do escudo, ele olhava duramente nos olhos selvagens do monstro.

Mas a Quimera estava tão enlouquecida e alucinada de dor que não se defendeu tão bem quanto poderia. Talvez, ao fim e ao cabo, a melhor maneira de se combater uma Quimera seja chegar dela tão perto quanto possível. No esforço de cravar suas medonhas garras de ferro em seu inimigo, a criatura deixou o próprio peito exposto; e, ao perceber isso, Belerofonte lançou sua espada inteira naquele coração cruel. Imediatamente a cauda escamosa desfez seu nó. O monstro largou Pégaso e caiu daquela imensa altura ao chão, enquanto o fogo dentro de seu peito, em vez de ser posto para fora, queimou mais ferozmente que nunca e logo começou a consumir sua carcaça morta. Assim ela caiu do céu, inteira em chamas, e (sendo o cair da noite antes que ela tocasse a terra) foi confundida com uma estrela cadente ou cometa. Mas, tão logo nasceu o dia, alguns camponeses saíram para trabalhar e viram, para sua surpresa, aqueles muitos acres de chão cobertos de cinzas negras. No meio do campo, havia uma pilha de ossos embranquecidos, muito maiores do que um monte de feno. Nunca mais se viu algo da horrível Quimera!

Quando Belerofonte alcançou a vitória, curvou-se à frente e beijou Pégaso, enquanto as lágrimas cobriam seus olhos.

– Vamos voltar, meu amado cavalo! – disse ele. – Vamos voltar para a Fonte de Pirene!

Pégaso disparou pelo ar, mais rápido do que antes, e alcançou a fonte em pouco tempo. Ali ele encontrou o velho homem apoiado em seu cajado, e o camponês dando de beber a sua vaca, e a bela donzela enchendo sua ânfora.

– Eu me lembro agora – disse o velho. – Vi esse cavalo alado uma vez, quando era um menino. Mas ele era dez vezes mais bonito naquela época.

– Eu tenho um cavalo de carga que vale três dele! – disse o camponês. – Se esse cavalinho fosse meu, a primeira coisa que eu fazia era cortar essas asas!

Belerofonte abate a Quimera

Mas a pobre donzela nada disse, pois sempre calhava de ter medo na hora errada. Assim, ela fugiu e deixou sua ânfora cair e quebrar-se.

– Onde está a gentil criança – perguntou Belerofonte – que costumava me fazer companhia e nunca perdia a fé e nunca se cansava de mirar a fonte?

– Aqui estou, caro Belerofonte! – disse a criança, tranquila.

Pois o menininho tinha esperado, dia após dia, à margem da Fonte de Pirene, pela volta do amigo; mas, quando percebeu Belerofonte descendo das nuvens, montado num cavalo alado, ele voltou aos arbustos. Era um menino doce e delicado e temia que o velho e o camponês vissem as lágrimas brotando-lhe dos olhos.

– Você venceu – disse ele, alegre, correndo aos joelhos de Belerofonte, que ainda estava sobre as costas de Pégaso. – Eu sabia que você conseguiria.

– Sim, cara criança! – respondeu Belerofonte, descendo do cavalo alado. – Mas se sua fé não tivesse me ajudado, jamais teria esperado por Pégaso e nunca teria ido para além de todas as nuvens e nunca teria vencido a terrível Quimera. Você, meu amado amiguinho, fez tudo isso. E agora vamos dar a Pégaso sua liberdade.

Assim, ele tirou a rédea encantada da cabeça do maravilhoso cavalo.

– Seja livre para sempre, meu Pégaso! – exclamou ele, com uma sombra de tristeza na voz. – Seja tão livre quanto é rápido!

Mas Pégaso descansou a cabeça sobre o ombro de Belerofonte e não se deixou convencer a alçar voo.

– Pois bem, então – disse Belerofonte, acariciando o cavalo dos ares. – Você ficará comigo tanto quanto quiser; e nós vamos juntos, imediatamente, contar ao rei Iobates que a Quimera está morta.

Então Belerofonte abraçou a gentil criança, prometeu visitá-la e partiu. Mas, nos anos seguintes, aquela criança alçou mais voos sobre o cavalo aéreo do que Belerofonte, e realizou mais feitos notáveis do que a vitória de seu amigo sobre a Quimera. Pois, gentil e amigável como era, cresceu e se tornou um grande poeta!

Topo da montanha

Depois da história

Eustace Bright contou a lenda de Belerofonte com tanto fervor e animação que mais parecia que tinha ele próprio galopado no cavalo alado. Ao concluir a história, ele ficou feliz por notar, pelas vivas faces de seu público, quão enormemente este estava interessado. Os olhos de todas as crianças dançavam em seus rostos, exceto os de Primavera. Nos olhos desta havia de fato lágrimas; pois ela estava consciente de algo na lenda que o resto deles não tinha idade o bastante para sentir. Não obstante fosse uma história para crianças, o estudante buscara dotá-la do ardor, da generosa esperança e da força imaginativa da juventude.

– Perdoo você, Primavera – disse ele –, por toda a sua troça de mim e de minhas histórias. Uma lágrima paga muitas risadas.

– Ora, sr. Bright – respondeu Primavera, secando os olhos e dando-lhe outro de seus sorrisos malvados –, certamente eleva suas ideias ter a cabeça acima das nuvens. Recomendo que nunca mais conte outra história, a menos que seja, como agora, do topo de uma montanha.

– Ou das costas de Pégaso – respondeu Eustace, rindo. – Você não acha que eu conseguiria pegar aquele maravilhoso cavalo?

– Mas isso é tão a cara de uma de suas brincadeiras malucas! – exclamou Primavera, batendo palmas. – Acho que vejo você agora nas costas dele, a três quilômetros de altura e com a cabeça voltada para baixo! É uma sorte que você não tenha realmente uma oportunidade sobre as costas de qualquer cavalo mais selvagem do que o nosso sóbrio Davy ou o velho Centenário.

– De minha parte, eu queria ter Pégaso aqui, agora – disse o estudante. – Eu montaria nele imediatamente e galoparia pelo país num raio de uns poucos quilômetros, fazendo visitas literárias a meus autores irmãos. O dr. Dewey estaria ao meu alcance, aos pés da Taconic. Em Stockbridge, logo ali, está o sr. James, visível para todo o mundo em sua montanha de história e literatura. Longfellow, creio eu, não está ainda em Oxbow, pois o cavalo alado teria relinchado ao vê-lo. Mas aqui, em Lenox, creio encontrar nosso mais verdadeiro romancista, que fez da vida e da paisagem de Berkshire um retrato muito particular. Deste lado de Pittsfield está Herman Melville, dando forma à gigantesca ideia de sua "Baleia Branca", enquanto o relevo imenso de Greylock assoma-lhe da janela do escritório. Outro salto de meu cavalo voador me levaria à porta de Holmes, que menciono por último pois Pégaso certamente me desmontaria no minuto seguinte e declararia o poeta seu cavaleiro.

– Nós não temos um autor como nosso vizinho? – perguntou Primavera. – Aquele homem silencioso que vive naquela casa vermelha, perto da avenida Tanglewood, e que encontramos às vezes, com duas crianças ao lado, na floresta ou no lago. Acho que ouvi dizer que ele escreveu um poema, ou um romance, ou algum tipo de livro... história, aritmética, não sei.

– Silêncio, Primavera, silêncio! – exclamou Eustace, num sussurro agitado e colocando o dedo nos lábios. – Não diga uma palavra sobre o homem, mesmo no topo da montanha! Se nossa conversa aqui alcançasse seus ouvidos e não o agradasse, ele pegaria uma ou duas mãos de papel e as jogaria ao fogo, e você, Primavera, e eu, e Pervinca, Musgo-renda, Flor de Abóbora, Dente-de-leão, Flor-de-amor, Trevo, Mirtilo, Prímula, Flor de Bananeira e Botão-de-ouro – sim, e o sábio sr. Pringle, com suas críticas desfavoráveis a minhas lendas, e a pobre sra. Pringle também –, todos nos transformaríamos em fumaça e sairíamos em espirais pela chaminé! Nosso vizinho da casa vermelha é um tipo bastante inofensivo, tanto quanto sei, no que toca ao resto do mundo; mas algo me diz que ele tem grandes poderes sobre nós e é capaz até mesmo de nos fazer desaparecer da face da Terra!

– E Tanglewood ia se reduzir a cinzas, como nós? – perguntou Pervinca, muito assustada diante da ameaça de destruição. – E o que seria de Ben e Urso?

– Tanglewood permaneceria – respondeu o estudante –, assim como é hoje, mas ocupada por uma família completamente diferente. E Ben e Urso ainda estariam vivos e ficariam bastante felizes com os ossos da mesa de jantar, sem jamais pensar nos bons tempos que eles e nós tivemos juntos!

– Mas que bobagem você está falando! – exclamou Primavera.

Com uma conversa ociosa como essa, o grupo já tinha começado a descer a colina e alcançava agora a sombra dos bosques. Primavera colheu alguns louros da montanha, cuja folha, embora nascida no ano anterior, mantinha-se verde e vigorosa como se gelo e degelo não tivessem alternadamente testado suas forças contra tal textura. Desses galhos de louro ela fez uma coroa e tirou a boina do estudante para colocá-la em sua fronte.

– Ninguém mais vai coroá-lo por suas histórias – comentou a irônica Primavera. – Assim, tome esta coroa.

– Não esteja tão certa – respondeu Eustace, parecendo de fato um jovem poeta, com os louros entre os cabelos brilhantes – de que não ganharei outras homenagens por estas maravilhosas e admiráveis histórias. Pretendo passar todo o meu tempo livre, durante o resto das férias e pelo trimestre de verão na faculdade, escrevendo-as a fim de publicá-las. O sr. J.T. Fields (de quem me tornei conhecido quando ele estava em Berkshire, no verão passado, e que é um poeta, bem como editor) verá seu mérito incomum numa só mirada. Ele há de chamar Billings para ilustrá-las, espero eu, e de apresentá-las ao mundo sob os melhores auspícios, através da eminente casa Ticknor & Co. E, em cinco meses a partir deste momento, não tenho dúvida de que estarei entre os ilustrados de nosso tempo!

– Pobre rapaz! – disse Primavera, meio de lado. – Que frustração o espera!

Descendo um pouco mais, Urso começou a latir e respondeu ao mais alto au-au do respeitável Ben. Eles logo avistaram o velho, bom e diligente cão, tomando conta de Musgo-renda, Dente-de-leão, Prímula e Flor de Abóbora. Essas pessoinhas, já recuperadas de seu cansaço, tinham decidido sair em busca de gualtérias e agora subiam para encontrar seus coleguinhas. Assim reunido, todo o grupo desceu pelos pomares de Luther Butler e seguiram felizes de volta para casa em Tanglewood.

Lista de ilustrações

1. Belerofonte montado em Pégaso, p.14

2. Perseu e as Três Mulheres Grisalhas, p.37

3. Perseu armado pelas ninfas, p.39

4. Perseu e as górgonas, p.45

5. Perseu mostra a cabeça da górgona, p.49

6. O estranho aparece para Midas, p.61

7. A filha de Midas transformada em ouro, p.71

8. Midas e a ânfora, p.75

9. Pandora observa a caixa, curiosa, p.89

10. Pandora deseja abrir a caixa, p.94

11. Pandora abre a caixa, p.99

12. Hércules e as ninfas, p.117

13. Hércules e o Velho do Mar, p.124

14. Hércules e Atlas, p.129

15. Filêmon e Baucis, p.145

16. Os estranhos no vilarejo, p.149

17. Os estranhos entretidos, p.157

18. Belerofonte na Fonte de Pirene, p.177

19. Belerofonte abate a Quimera, p.195

CRONOLOGIA:
VIDA E OBRA DE NATHANIEL HAWTHORNE

1804 | 4 jul: Nasce em Salem, Massachusetts, Nathaniel Hathorne (mais tarde Nathaniel Hawthorne), segundo filho do capitão de navio Nathaniel Hathorne e Elizabeth Clarke Manning.

1808: Nascimento de Mary Louisa Hathorne, terceira filha do casal. Nathaniel Hathorne, o pai, contrai febre amarela em uma viagem ao Suriname e morre aos 28 anos. Elizabeth muda-se com os três filhos, Elizabeth (1802), Nathaniel e a recém-nascida Mary Louisa, para a casa de seus pais, na Herbert Street, na mesma cidade.

1813-15: Uma lesão no pé força Nathaniel Hawthorne a passar um longo período de cama e dedicar a maior parte do seu tempo à leitura.

1816: Viaja com a mãe para a casa do tio, Richard Manning, em Raymond, Maine. Elizabeth Manning e os filhos passarão grande parte dos próximos anos em Raymond.

1820 | Ago-set: Publica com sua irmã Louisa, por conta própria, o jornalzinho *The Spectator*, que será distribuído entre familiares e amigos.

1821-25: Ingressa no Bowdoin College, em Brunswick, Maine, onde será colega do poeta Henry Wadsworth Longfellow e de Franklin Pierce, mais tarde presidente dos Estados Unidos.

1825 | 7 set: Forma-se no Bowdoin College e retorna à casa da mãe, em Salem.

1827: Muda o sobrenome de Hathorne para Hawthorne a fim de eliminar o sinal de parentesco com o trisavô, um dos juízes envolvidos no tenebroso caso da caça às bruxas de Salem.

1828: Custeia a publicação anônima de seu primeiro romance, *Fanshawe*.

1830: Publica o conto "The Hollow Three Hills" no *Salem Gazette*.

1836: Torna-se editor da *American Magazine of Useful and Entertaining Knowledge*. Conhece a pintora e ilustradora Sophia Peabody.

1837: Publica *Peter Parley's Universal History*, com sua irmã Elizabeth Hathorne, e sua primeira coleção de contos, *Twice Told Tales*, financiada pelo amigo dos tempos do Bowdoin College, Horatio Bridge.

1839: Começa a trabalhar como inspetor da Alfândega de Boston. Fica noivo de Sophia Peabody.

1841: Deixa o emprego e vai morar em Brook Farm, comunidade utópica e transcendentalista, em Roxbury, Massachusetts.

1842 | 9 jul: Casa-se com Sophia Peabody, em Boston. Mudança para Concord, também localizada no estado de Massachusetts. Na cidade mantém contato com os escritores Henry David Thoreau, Ralph Waldo Emerson e Ellery Channing. Publica *Biographical Stories for Children*.

1844 | 3 mar: Nascimento da primeira filha de Nathaniel e Sophia, Una Hawthorne.

1845: Enfrentando dificuldades financeiras, retorna a Salem e muda-se com a mulher e a filha para um quarto na casa de sua mãe.

1846: É nomeado inspetor fazendário do porto de Salem. | **2 jun:** Nascimento de Julian Hawthorne, segundo filho do casal.

1849 | Jun: Com um novo governo federal eleito no ano anterior, é demitido do cargo de inspetor fazendário por sua ligação com o partido Democrata. | **31 jul:** Morte da mãe, Elizabeth Clarke Manning. Começa a escrever A *letra escarlate*.

1850 | Mar: Lançamento de A *letra escarlate*, sucesso imediato e o romance mais conhecido do autor. A primeira tiragem do livro esgotou em poucos dias após o lançamento. | **Abr:** A família Hawthorne muda-se para Lenox, também Massachusetts. | **5 ago:** Nathaniel conhece o escritor Herman Melville, um de seus maiores amigos.

1851 | 20 mai: Nascimento de Rose Hawthorne, última filha do casal. Publica A *casa das sete torres* e *Mitos gregos*, outro sucesso imediato. Herman Melville publica o clássico *Moby Dick* e o dedica a Hawthorne.

1852: Escreve *Blithedale Romance*, livro inspirado na experiência do autor em Brook Farm, e produz a biografia de Franklin Pierce, então candidato à Presidência dos Estados Unidos. Muda-se novamente para Concord. Franklin Pierce ganhas as eleições.

1853 | 26 mar: Franklin Pierce nomeia o amigo de faculdade cônsul dos Estados Unidos em Liverpool e Manchester, Inglaterra. Publica *The Tanglewood Tales*, segundo volume de mitos gregos recontados.

1856: A família Hawthorne recebe visita de Herman Melville, provavelmente o último encontro entre os autores.

1857 | 31 ago: Com o fim do mandato de Pierce, é exonerado do cargo de cônsul.

1857-58: Viaja com a família pela Europa e vivem por um tempo em Roma e Florença, onde Nathaniel manterá contato com artistas expatriados americanos e ingleses.

1859: Retorna à Inglaterra. Conclui *O fauno de mármore*, romance inspirado na comunidade artística americana que vivia em Roma.

1860: Retorna a Concord, Estados Unidos. Lança *O fauno de mármore*.

1862: Durante a Guerra Civil americana, Hawthorne viaja para Washington, D.C., onde é apresentado a Abraham Lincoln. Escreve sobre a experiência em *Chiefly About War Matters*.

1863: Publica *Our Old Home*, livro sobre sua estadia na Europa.

1864 | 19 mai: Morre em Plymouth, New Hampshire, enquanto dormia. Hawthorne estava em viagem com o ex-presidente Pierce a White Mountains, uma cordilheira nevada no estado. É enterrado no cemitério Sleepy Hollow, em Concord.

1ª EDIÇÃO [2016] 11 reimpressões

ESTA OBRA FOI COMPOSTA POR MARI TABOADA EM
QUADRAAT PRO E IMPRESSA EM OFSETE PELA GEOGRÁFICA
SOBRE PAPEL PÓLEN DA SUZANO S.A. PARA A
EDITORA SCHWARCZ EM MARÇO DE 2025

A marca FSC® é a garantia de que a madeira utilizada na fabricação do papel deste livro provém de florestas que foram gerenciadas de maneira ambientalmente correta, socialmente justa e economicamente viável, além de outras fontes de origem controlada.